KB125232

이방인의 심장이
묻힐 곳은

dot.8　　　　　　　　　　백사혜

이방인의 심장이
묻힐 곳은

아작

toc.

1

헤이즐

헤이즐 언더우드는 변하는 것들이 싫었다.

하지만 세상에는 변하지 않는 것들은 드물다. 언젠가는 부식하거나, 노화하거나, 부패하거나, 곱아들거나, 움츠러들거나, 경직되거나, 뭉쳐지거나, 해체되거나, 박살나거나, 깨지거나, 물들거나, 빛이 바래거나, 마모되거나, 끊어진다. 더 짜증나는 건, 이런 속성의 변화들은 단기간에 이뤄지기보다는 쓸데없이 아주 오래 시간을 들인다. 그러니까 헤이즐은 얌전히 앉아 있는데, 넋 놓고 여유를 부리면 어느 순간 발치에까지 바닥의 금이 가 있다. 혹은 멀거니 고개

7

를 들어 천장에 우두둑, 하고 생기는 균열을 바라만 보고 있어야 한다. 무력하게. 순응을 순응하면서. 여기고 저기고 무너지지 않는 곳이 없었다. 얼마 전 사십 줄에 들어선 헤이즐은, 결심했다. 그냥 변하는 것들을 외면하자고.

그래서 헤이즐은 완고한 중년이 되었다. 흔히 말하는 꼰대. '고집스러운 노친네'라는 예의 없는 멸칭의 이전 단계에 헤이즐은 자각 없이 들어서게 되었다. 고향을 둘러싼 산맥과 호수가 헤이즐의 삐뚤어진 사고를 더 고집스럽게 만들었다. 다양성 따위를 흡수하지 않고도 그곳은 변함없이 아름다웠고, 호수의 거울에 비친 뒤집힌 하늘은 변화를 반사하고 익숙한 언어들만 흡수하고 굴절시켜, 헤이즐을 폐쇄적인 은둔자, 시대에 뒤떨어진 낙오자, 어긋난 신자에서 잊힌 영혼들의 수호자, 신성한 종교의 인도자, 품위의 시초자로 만들어주었다.

헤이즐은 겨우 숨을 고르며 정면을 응시했다. 귀에서 낮고 긴 이명이 늑대의 울음소리처럼 길고 곧게 울렸다. 밤이었다. 온갖 내밀한 일이 벌어지는 시간대라지만, 밤을 맞이하는 모든 인간이 비밀을 수

용할 수 있는 건 아니다. 어떻게든 이 상황을 수습해야 했지만, 이상하게도 왼손이 자아를 가진 것처럼 헤이즐의 입을 틀어막기만 했다. 헤이즐이 쓸데없는 진실을 누설하지 않도록 미연에 방지하듯이. 아래층에서 헤이즐이 틀어둔 레코드판의 화음이 현재 상황과 맞지 않게 은은하게 울려 퍼졌다. 서늘한 공기 주변으로 곡조가 이동하며, 쓰러진 의자와 나란히 누운 환영받지 못한 여자의 육체 위를 부드럽게 스쳐 갔다. 헤이즐은 현실감각을 되찾으며 서서히 경직된 몸을 풀었지만, 도무지 시선을 돌릴 수 없었다.

고개가 반쯤 뒤로 꺾여, 두 눈을 부릅뜬 채로 자신을 바라보고 있는 저 검은 두 눈에게서.

그리고,

2

발신인 불명

유진 멕바인 씨에게

유령의 집은 AABBCCDDEEFFGG···XXYYZZ
혹은 AGGJJKLLPPOO ·············· 이어지는
나열. 어디까지나 예시일 뿐.

유령은 차원이동자, 시간여행자, 혹은 다차원 유
경험자. 이 중 대체할 수 있는 단어가 존재하는지는
불명.

하지만 유령은 정지해 있지.

태어난 곳을 물어본다면, 헤일로가 시작된 곳을.

삶을 물어본다면, 당신과 다를 바 없다고 답해줘.

보석에 관해 물어본다면, ……………….

원하는 게 있다고 말한다면, 답하기.

…………….

나는 당신에게 원하는 것을 줄 수 없어.

당신의 이름으로 아래 주소의 민박에 예약해뒀어.

겨우내 계속 있을 수 있을 거야.

우리 둘 다 각자 원하는 걸 찾을 수 있길 바랄게.

3

유진

19세기 중순, 세계 각지에서, 똑같은 순간에 하나의 사건이 벌어집니다. 미국의 서부는 저녁, 중국은 아침 9시, 스페인 시각으로는 새벽 2시 정도가 되겠군요. 어쨌든, 공식적인 기록은 없지만 여러 사설을 찾아보면 이때, 바로 '빛줄기'가 떨어졌습니다. 한국의 왕조실록 문건에서는 이렇게 서술되어 있습니다. '…웅장한 사내 여럿이 돌연 벼락같은 비명을 지르며 창을 들고 우왕좌왕하였다. 무슨 일인지 물으니, 그들은 여러 입으로 똑같은 말을 내뱉었다. 하늘에서 무수한 도깨비불이 떨어지고 있습니다. 조선의 사방에 흩뿌려지고 있으니,

그야말로 천벌이 떨어지는 게 아닌가 싶습니다. 임술민란을 저지하는 데 큰 공을 세웠던 장군은 봉기를 일으킨 농민이 깃발에 피로 적은 시를 떠올렸다. *하늘이 불을 내려 벌떼같이 일어나니, 섬의 백성들이 맹호를 잡는다.* 아뿔싸 싶었던 철종은 전국에 하늘의 푸른 도깨비불을 찾아 떠났으나, 기괴한 소문만 돌 뿐, 도깨비불의 실체를 잡아낼 수는 없었다.' 그리고 비슷한 시기, 마드리드의 아침에 반짝이는 은빛 비행체 같은 것이 폭죽의 꽃처럼 무수히 갈라져 땅에 떨어진 것을 보았다는 목격담이….

덜커덩거리는 열차와 에어팟에서 흘러나오는 해설자의 목소리가 뒤엉켰다. 어디에도 집중하지 않고 있었던 터라, 고막은 둘을 모두 소음으로 받아들였고, 덕분에 정신이 더 산만해졌다. 유진, 그러니까 유진 맥바인은 이미 이 팟캐스트의 내용을 전부 알고 있었다. 유진이 바로 방송을 녹음한 장본인이었기 때문이다.

그리고 이 기록은 미국으로도 연장됩니다. 그해 초,

애팔래치아 산맥의 탄광촌에서, 물안개가 짙은 어느 밤, 회색 하늘을 가로지르는 네온 빛깔 반딧불이 쪼개지며 숲으로 떨어지는 것을 목격했다고 전해집니다. 물론 초자연적인 현상이라고 바로 단정 짓기는 어려울 수 있습니다. 그 시대의 설명할 수 없는 기상 현상이나, 주 정부의 비밀스러운 군사 실험의 비행체나 풍선 등의 잔해나 윤곽을 불가사의한 존재의 증거로 여기는 이들이 왕왕 있었으니까요.

하지만 백 년 뒤에, 비슷한, 어쩌면 연관성이 있는 사건이 벌어진 것에 우리는 주목할 필요가 있습니다. 말 그대로 지구의 한순간 안에 벌어진 사건이었죠. 모두 '빛기둥' 현상을 아실 겁니다. 오로라보다 보기 힘든 현상으로, 마치 하늘에서 시각적인 계시를 내리기라도 하듯 형형색색의 기둥을 만드는 것을 말하죠. 재밌는 건 이 빛기둥이 '헤일로' 현상과 함께 나타났다는 겁니다. 하지만 주목해야 할 점은, 헤일로 현상은 영하의 온도에서만 발생하는 광학 현상이라는 겁니다. 그런데 때는 한여름 밤이었죠. 그리고 그 헤일로는 빛기둥의 색처럼, 오팔의 단면을 드러내듯 여러 빛구체들이 고리 주변을 빙빙 돌았다고 합니다.

너 말투가 이상해. 찰리가 말했었다.

"이런 게 싫다고, 이런 게. '이러한 사실을 모르면 당신들은 도태된다.'는 식으로 은근하게 으스대는 말투와 태도가. 어차피 우연에 불과한 사건들을 가지고 음모론을 꾸며대며 진지한 연기를 하는 게. 너답지가 않다고."

한숨 같은 날숨이 유진의 잇새로 쑥 빠져나갔다. 유진은 애써 창밖의 풍경에 집중했다. 우거진 참목나무 너머로 얼어붙은 호수가 보였다. 사방에 하얗게 쌓인 눈에 반사된 햇빛 대부분이 열차의 유리창에 고스란히 부딪혔다. 움직이는 차 안에서 호수를 감상하기엔 나쁜 시간대를 골라 탑승한 것이다. 유진은 손으로 차양을 만들며 눈을 가늘게 뜨다가 고개를 돌려버렸다.

역시 자존심을 지킨답시고 여기까지 오는 건 잘못된 선택인지도 몰랐다. 유진은 도시형 인간이었다. 인간이 편의를 위해 발명한 인프라가 잔뜩 몰려 있는 공간. 무선 연결망을 벗어나면 불안해지는 유형의 사람이, 등산과 캠핑을 누구보다 질색하는 사람이 바로 유진이었다. 하지만 유진은 자진해서 스스로를 3차 산업 혁명이 일군 문명으로부터 차단하는 여정을 떠나고 있었다. 찰리의 그 한마디 때문이었다. 찰리는 정말 하고 싶지 않았지만 이젠 말해야 될 때가 되었다는 것처럼 유진과 눈을 맞추면 또박또박 이야기했었다. 다시 너다워질 필요가 있어.

　나다운 것. 유진은 실소를 흘리며 무릎에 얹어둔 인조 가죽 가방을 끌어안으며 옆면을 톡톡 뜯었다. 누구답다는 표현만큼이나 모호하고 사람을 짜증나게 하는 말이 없었다. 그리고 실제로 유진은 찰리가 그렇게 말하자마자 길길이 날뛰었다. 네가 나에 대해 무얼 아느냐, 부터 시작해서 네가 나를 제대로 알기는 하느냐는 발언까지.

　유진은 노력했다. 유진은 정말 많이 노력해왔다. 목적어가 없는 문장. 솔직히 털어놓자면 유진은 자신이 거의 서른 해 동안 뭘 위해 살아왔는지 명확하게 설명하기 어려웠다. 직업적인 성과가 없었던 건 아니었다. 유진은 듀크 대학교에서 수석 졸업을 했고, 이름을 들으면 바로 아는 언론에 입사했으며, 일전의 취재 시리즈로 퓰리처상을 받았다. 누가 봐도 성공한 삶이었다. 찰리가 말하는 '유진 맥베인'다운 삶은 그런 걸까?

유진은 찰리와의 말다툼에서 이기지 않으면 죽을 것처럼 하나하나 쏘아붙이다가, 결국은 드러내지 않아도 되는 부분을 눈물과 함께 구차하게 내뱉었다. 말해야 한다면 소파에서 담요를 같이 덮으며 감성을 자극하는 드라마를 시청하다가, 혹은 와인을 곁들인 저녁 식사에서 별일 아닌 것처럼 끼워 넣어야 했을 유치한 치부였다.

네가 어디든 완전히 섞여 들어가지 못하는 기분을 알아? 교수가 다른 아시아계 유학생들이랑 내 얼굴 잘 구별 못하는 거나, 미친 척하고 같은 피가 흐르고 있는 사람들의 모임인 한인 교회에 들어가보아도 그들의 모국어를 내가 이해하지 못해 생기는 괴리감 같은 거 말이야. 이 일련의 고뇌와 상처에 유치하다는 딱지는 어울리지 않을 수도 있었다. 하지만 옷도 제대로 차려입지 않고, 세수도 하지 않은 상태에서 악을 쓰듯 이 모든 마음의 짐을 연인에게 줄줄 터뜨리는 건 성숙한 어른이 할 짓은 아니었다. 그래서는 안 되는 건데 열등감마저 들었다.

가끔은 찰리보다 유진의 팟캐스트 청취자들이 유진의 마음을 더 잘 헤아린다는 느낌을 받았다. 그들과 직접적인 소통을 하는 건 아니었다. 그러나 프로그램의 청취 수와 팔로워 수가 올라가는 걸 볼 때마다, 유진이 누구이든, 무엇이든 그들은 상관하지 않고 유진을 좋아한다는 왜곡된 인식이 유진으로 하여금 괴담 짜집기를 멈추지 못하게 했다. 그러나 유진은 찰리가 어쩌다가 미신과 괴담에 빠졌는지 이해하려고조차 하지 않는다는 게 서운했다. 부모님조차도. 어젯밤, 유진의 아버지가 보낸 택배를 뜯어 칼 세이건의 《악령이 출몰하는 세상》이란 중고서적이 모습을 드러냈을 때, 유진은 폭발했다. 왜 전부 꼭 내가 사리분별 못하는 애라도 되는 것처럼 대하려는 거야. 왜! 그 길로 유진은 짐을 싸서 도망치듯 뛰쳐나갔다.

유령은 차원이동자, 시간여행자, 혹은 다차원 유경험자. 이 중 대체할 수 있는 단어가 존재하는지는 불명.

안다. 누가 보냈는지도 모르는 메일 한 통에 혹하는 건 진짜 바보 같은 짓이다.

우리 둘 다 원하는 걸 찾을 수 있길 바랄게.

하지만 절박한 시기엔 무엇이든 자길 하늘 위로 끌어 올려줄 동아줄로 보이는 법이다.

유진은 정차를 알리는 안내에 따라 내릴 준비를 하며 생각했다. 세계 각지에서 수집해온 운석이나 비행 물체 등, 팟캐스트의 양념이 되는 정보의 출처는 사실 검증되지 않은 것이 많았다. 카더라 하는 소문들. 그리고 진짜 그 당시에 남아 있는 건지 아니면 후손이 선조의 기록인 척 주장하는 것인지 판별할 수 없는 증거만이 유진이 운영하는 팟캐스트의 기둥이었다. 모든 메일이 그랬다. 스레드로 공포스러운 실제 경험을 어쩔 수 없이 중개, 또는 회상하는 형식으로 소설을 연재하는 익명의 작가들의 개요가 제보의 대다수를 차지했고, 유진도 이제 그 정도는 구별할 수 있었다. 하지만 유진은 자신이 창조해낸 허구의 세계로 통하는 입구로, 직접 걸어 들어가고 있었다.

거짓말에 살이 붙어 점점 무거워져가고 있었고, 유진도 그 무게감을 느낄 수 있었다. 하지만 유진은 멈출 수가 없었다. 거짓말 안에 팔을 집어넣고 허우적거리다가 뭔가를 건질 수 있으리라는 헛된 희망이 유진을 자꾸 등 떠밀었다.

관광객들은 근처의 호텔로 서서히 빠졌다. 숲속에 정식으로 트인 산행 길목으로 사라지는 이들은 거의 없었다. 트래킹 코스로 유명한 곳이라지만 한겨울에 10킬로그램이 넘는 짐을 짊어지고 무사히 산행길을 오를 수 있을 만큼 무모하고 건강하고 운이 좋은 사람은 드물다. 유진은 캐리어의 손잡이에 좀 더 힘을 주고는, 목도리를 코 위까지 올리며 깎인 나무로 정비되지 않은 오솔길로 들어섰다. 포장되지 않은 길 위를 다듬어놓은 건 사람 발자국뿐이었다. 유진은 10분 뒤 안내판을 찾았다. 얇은 기둥은 20도 정도 기울어져 있었다. '야생동물 조심'이라고 적힌 경고 문구가 맨 밑. 그리고 그 위에는 투박하게 깎인 화살표들이 사방으로 뻗어 있었다. 유진은 등산길,

계곡, 헤일로 마을이라는 글자를 쭉 따라 올라가다
가 '호수와 산장'이라고 간결하고 적힌 표지판에서
시선을 멈췄다. 북서쪽으로 500미터.

유진은 각막을 건드리는 한기를 핑계 삼아 눈을
꾹 감았다가 떴다. 하지만 안내판의 글자는 변하지
않았다.

4

웬디

역시 사람이 없는 곳이 가장 편했다. 웬디는 최근 들어서야 성격 분류법에 따라 자신이 내향인일지도 모른다는 사실을 인정했다. 하지만 타고난 성향을 제외하고서라도, 웬디에게는 사람을 지겨워할 만한 이유가 충분히 있었다. 하루가 멀다고 남녀 무관하게 사심을 가진 이들이 들러붙는 건 꽤나 성가셨기 때문이었다. 연애 놀음을 할 마음이 전혀 없는 웬디로서는 이런 인적이 드물고 조용한 장소에서 근무하는 게 만족스러울 수밖에 없었다. 인터넷이 잘 되지 않았지만 심심하지는 않았다. 실수인 척 웬디의 옷에 커피를 쏟고 세탁비를 주겠다는 핑계로 연락처를 물어보거나, 사람을 잘못 본 척 다가오다가 사과하며 이것도 인연이라는 둥 사람을 쓸데없이 붙잡는 일을 수십 번 겪는 것, 생각 없다는데도 모델로 일해보지 않겠냐며 명함을 계속 찔러대는 것보다는 훨씬 나았다. 거기에 기껍지 않게 응한 적이 있긴 하지만, 전부 결말이 좋지 못했다. 젠체하려는 건 아니지만, 웬디는 다 예상하고 있었다. 그 흐름을 거스를 힘이 웬디에게 없었던 것뿐이었다.

웬디도 진짜 이름이 아니었다. 싸구려 호텔에서 아르바이트를 하며 얻은 가명이었다. 신원 조회를 통해 뜯어낼 재산도 명예도 없지만, 진명보다는 가명을 두르고 다니는 게 훨씬 낫다는 게 웬디가 얻은 인생의 교훈 중 하나였다. 그래서 작은 호텔의 녹슨 이름판에 적힌 단어가 웬디의 새로운 이름이 되었다. 이전의 구차한 삶을 벗어던지고 새롭게 살자는 거창한 목표 의식 같은 게 있진 않았다. 웬디는 본명보다도 자주 경멸조로 불렸다. 동료 직원으로부터, 호텔 지배인으로부터, 거절당한 남자와 여자들로부터, 고객으로부터. '네가 뭔데 감히'가 주된 이유였다. 꼭 그렇게 말해야만 웬디의 영혼이 깎여나갈 것처럼. 웬디가 그들에게 무례하게 굴었던 적도 없고, 오히려 표정 없이 고분고분하게, 나름 부드럽게 대응했는데도 그랬다.

웬디의 굴종은 그들의 자존심에 더 불을 지펴주었다. 사실 서비스업 직종이라는 게, 돈을 받고 남을 대접하는 직업이라는 게 다 그렇지 않은가. 어렸을 적부터 먹고 살기 위해서라면 뭐든 해봐야 했던 웬디에게는 익숙한 일이었다. 아니, 익숙해지지 않았던 건지도 몰랐다.

이즈음에서 마무리해도 괜찮겠다는 생각이 들었을 때, 웬디는 모아둔 쌈짓돈을 털어 비행기표를 샀다. 여관에 머물면서 하루치 숙박비까지 내니 전 재산이 사라졌다. 당장 내일 아침을 사 먹을 돈도 없었지만 상관없었다. 마지막이 정해져 있으니 불투명한 미래를 위한 저축을 위해 전전긍긍할 필요도 없었다.

웬디가 애팔래치아 산맥 부근의 '그' 호수를 알게 된 건 순전한 우연이었다. 같이 일하는 동료가 시시

덕거리며 자기 앨범의 사진을 보여주었을 때, 주변의 풍경이 웬디의 눈길을 끌었을 뿐이었다. 거긴 어디야? 웬디가 처음으로 먼저 질문을 하자, 동료들은 눈이 둥그레져서는 사진과 웬디를 번갈아보았다. 여기가 거기잖아. '헤일로 탄광' 근처의 호수. 그렇게 웬디는 검색하는 수고를 들이지 않고 첫눈에 반한 장소의 위치를 알게 되었다.

보름달이 뜬 밤이었다. 웬디가 계산해둔 그대로였다. 맞은편의 햇빛을 반사한 달은 유달리 찬란하게 빛났지만, 숲속을 안내해주기엔 역시 역부족이었다. 웬디는 미리 준비한 손전등을 들고 길을 걸었다. 가을이었고, 땅을 밟을 때마다 버석거리는 소리가 났다. 일교차가 큰 만큼 새벽은 쌀쌀했지만 웬디는 하얀 티셔츠에다 다리에 자꾸만 감기는 재질의 치마만 입고선 호숫가로 향했다.

어둠이 둘러싼 물가는 낮과는 완전히 다른 인상을 주었다. 웬디는 이전부터 물의 표면이 관뚜껑과 같다는 생각을 했었다. 겉이 한 가지 무늬로 고정되지 않은 안식의 입구. 깊은 물은 모든 걸 완전히 드러내지 않는다. 투명하게 일렁거려 얕은 수심의 생태계를 전부 내보여주는 것 같다가도, 입사각보다 반사각이 더 커지는 지점으로 조금만 몸을 틀면 그 속을 볼 수 없게 되어버린다. 그 위에 존재하는 것들만 거울처럼 비출 뿐. 호수나 바다 같이 면적이 큰 집합체는 하늘을 아예 통째로 베껴 자기 껍질로 삼는다. 웬디는 그 사실이 마음에 들었다. 익사한 시신이 떠올라 뭍에 도로 돌아오지만 않는다면, 수중은 가장 아름다운 관 속이나 다름없지 않은가.

웬디는 메고 있던 배낭에서 줄과 아령을 꺼냈다. 메고 오느라 어깨가 빠지는 줄 알았지만 그만한 값어치를 할 것이다. 웬디는 아령 손잡이에 매듭을 단단히 걸고, 맞은편 줄에 자기 발목을 묶었다. 그러고는 무저갱과 구분되지 않는 밤의 호수를 눈에 담고, 천천히 걸음을 뗐다. 석석거리는 소리와 함께 발과 쇠가 끌렸다. 색 없는 공기에 식은 물은 차가웠다. 웬디는 저도 모르게 몸을 부르르 떨었지만 멈추지 않았다. 하지만 물살이 허벅지까지 닿았을 때, 웬디의 몸이 억센 손길로 인해 뒤로 쑥 끌어당겨졌다. 웬디는 반항 없이 끌려 나갔다. 주름살 진 산장 관리

인이었다. 피부가 붉고 전신이 살인지 붓기인지 모를
부피감으로 부풀어 있는 그는 웬디를 구했지만 이
이상 어째야 하는지 모르겠다는 표정을 짓고 있었
다. 발목에 묶인 쇠가 물의 중력으로 웬디의 발목을
다시 조여 왔다. 하지만 짧은 언짢음을 느낄 새도 없
이, 웬디의 뺨에 번쩍 불이 일었다.

"어떻게 감히!"

상대는 반대쪽으로 또 한 번 웬디의 뺨을 쳤다.
빗나간 손전등의 빛으로 확인한 상대는 산장에서
스치듯 마주한, 훤칠한 중년의 여자였다. 관리인이
여자에게 절절매는 걸로 봐서, 산장의 주인이나 관
계자 정도는 될 것 같았다. 웬디는 그대로 다시 산장
으로 끌려갔다. 웬디는 뒤돌아 미련이 담긴 시선을
한 번 보냈지만, 자기는 당장 죽어야 한다고 고집을
피우지도 않았다. 대신 여자가 외친 '어떻게 감히'의
뜻을 곱씹어보았다. 왜 감히 목숨을 내버리려고 하
는가, 의 외침이었을까. 아니면 자기가 머무르는 이
곳을 망치려 한 것에 대한 분노였을까.

웬디를 때린 여자는 헤이즐 언더우드라는 사람으로, 산장의 주인이라고 했다. 놀랍지도 않았다. 이후로 한참 침묵이 이어지자, 웬디는 헤이즐이 목숨을 구해준 대가로 자신의 기구한 운명을 읊조려주길 바란다는 걸 깨달았다. 비록 웬디는 사는 것보다 죽는 것에 더 의미를 뒀지만, 이 사실을 고백하기보다는 헤이즐이 원하는 걸 내어주는 게 더 나은 판단이라는 걸 잘 벼려진 직감으로 알았다.

그래서 순순히 털어놓았다. 어머니는 히스패닉 갱단의 딸이었고, 불법체류자이자 일용직 노동자인 아버지와 결혼했지만, 두 분 다 알코올중독이거나 특이 사정으로 인한 부양 능력 부족으로 웬디가 성인이 되기도 전에 스스로 건사하는 법을 터득하며 살아야 했다, 같은 불행들을.

웬디도 자기 삶이 온전하게 기억나지 않았고, 아예 지어낸 부분도 있었다. 긴 이야기는 아니었다. 웬디의 회상은 단편적이었고, 앞뒤가 안 맞는 부분도 분명히 있었지만, 헤이즐은 굉장히 흡족해했다. 갈 곳 없는 웬디에게 헤이즐이 일자리를 제안한 것은 당연한 수순인지도 몰랐다. 헤이즐은 웬디가 자신의 호의를 거절하지 않으리라고 확신하는 것처럼 보였다. 그리고 웬디는 마냥 오만한 상대를 실망시키면서 오는 얄팍한 쾌감을 선택할 정도로 어리석진 않았다. 어차피 원하는 대로 죽지 못할 거라면, 얼마간은 할 수 있는 한 편하게 삶을 연명하게 나았다.

헤이즐을 다루는 건 쉬웠다. 구석구석 찌든 먼지를 어떻게 깔끔하게 훔치는지, 나무 가구에 어떻게 기름을 먹이는지, 웬디는 유튜브 따위를 일일이 뒤져보지 않고도 전부 터득하고 있었다. 웬디는 좋은 일꾼이었다. 심지어 드물게 곰이 출몰했을 때 어떻게 총으로 위협하거나 사살하는지, 병균을 옮기는 들쥐 대가족을 어떻게 처치하는지, 어떤 화학 약품을 써야 신체에 위해가 덜하면서도 벼룩과 머릿니를 없앨 수 있는지도 속속들이 알고 있었다. 헤이즐은 웬디가 유능하다는 사실을 진심으로 만족스러워했다. 웬디의 장점이 자기가 개발한 공적이라도 되는 것처럼.

헤이즐과 웬디의 유일한 교집합은, 사람을 달가

워하지 않는다는 점이었다. 작은 별장식 산장을 여관처럼 운영하면서도 손님을 반기지 않는 지배인과 직원이라니. 하지만 헤이즐은 돈이 궁한 사람이 아니었기에, 원하는 때에 원하는 사람을 받을 수 있는 특권이 있었다. 그랬기에 헤이즐의 작은 산장은 예약제로 이루어졌는데, 불편을 감수하고 여기까지 묵으러 오는 이들은 하나같이 다 독특했다. 예술가, 작가, 그리고 미스터리에 환장한 부자들이 종종 왔다.

인터넷도 거의 안 되고, 방도 작고, 히터도 없이 장작을 때는 구식 난로로 추위를 버텨야 했지만, 그들은 근처의 호텔이나 다른 숙소로 가지 않고 굳이 수많은 불편을 감수하려 들었다. 여기가 '보석 시신'이 발견된 곳에서 가장 가까워서 그렇다나 뭐라나. 이제는 그 자리에 있지도 않은 것들의 흔적을 더듬는 일에 무슨 의미가 있나 싶었지만, 비슷한 기류를 가진 존재끼리는 거리에 상관없이 서로를 끌어당기는 인력이 있다고 하지 않은가. 이 여관의 주인도 여간 이상한 인물이 아니니, 여기에 모여드는 방문객들도 한 가닥씩 독특할 수밖에 없었다. 그러면 여기서 웬디에게 드물게 생기는 한 가지 의문점. 웬디도

© SUNYE

'이상한 사람'일까?

"생각보다 지켜야 할 수칙이 많네요."

오래된 모델의 노트북으로 예약 확인을 받는 웬디에게, 아시아계 여자가 방 열쇠를 받으며 떨떠름하게 끼어들었다. 숲에 쓰레기 버리지 않기. 야생동물이나 잡벌레가 꼬일 수 있으니 취식은 최대한 산장안에서 하기. 부엌의 전기가 끊기면 헤이즐이 아닌웬디를 찾기. 밤에는 혼자 호수에 가지 말기, 오후 10시 이후에는 큰 소음을 내지 말기. 기계적으로 읊던 웬디는 자기가 외우고 있는 수칙을 개수를 세어보았다. 열 개가 채 되지 않았다.

"여기가 숲 한가운데에 위치해 있으니까요. 삼림수호단체에 찍히지 않으려면 저희 쪽에서 최대한 조심해야 하는 부분도 있고, 야생동물도 있으니까요."

"그렇죠. 알아요. 그런데…."

"어린애가 된 기분이죠. 다 아는 사실을 하나하나 짚어주니까."

유진 맥바인이라는 이름으로 산장을 두 달이나예약한 여자가 웃었다.

"그런데 당연한 것들을 안 지키는 사람들이 생각보다 많거든요. 나는 괜찮겠지, 하면서 부주의하게 구는데 우리 쪽에선 꽤 골치 아파요."

"무슨 뜻인지 알겠어요. 괴담의 도입부 같아서 그랬어요. 하지만 저는 규칙을 잘 지키는 편이니까 걱정 마세요. 학교에서도 모범 학생이었거든요."

"아하. 지하실에는 문이 열려 있다고 하더라도 내려가지 말라고 덧붙이려고 했는데, 이러면 더 으스스하려나요."

"농담이에요, 아니면 진짜예요?"

"진짜예요. 원하신다면 지금 도망가셔도 돼요."

"오자마자 담력 테스트라니 너무하시네요."

"뭐든 예행연습이 중요하죠."

웬디는 근육에 밴 서비스 종사자형 미소를 지어 보였다.

"첫 단추를 잘 꿰어야 한다는 말도 있잖아요. 이럴 때 쓰는 말인지는 모르겠지만."

5

헤이즐

헤이즐은 자신이 사랑하는 것을 위해서는 정말 뭐든지 할 수 있었다. 헤이즐이 가장 잘하는 일이 바로 정성과 품을 들이는 것이었다. 무언가가 자신의 소유로 간주되면, 헤이즐은 그것을 자신의 선 안에 안정적으로 유지하기 위해서라면 뭐든지 해냈다. 그렇기에 사랑을 베푸는 일은 헤이즐의 가장 큰 장점이 되었다. 비록 그 사랑의 범위가 굉장히 근시안적이고 편협하긴 했지만, 좁은 폭으로 쌓아 올리는 사랑은 헤이즐이 정성의 업적을 더 높다랗게 쌓을 수 있도록 도와주었다. 헤이즐이 사랑하는 건 딱 세 단

어로 축약이 가능했다. 가족, 고향, 가문. 즉 가장 원
초적인 유대 공동체.

　헤이즐의 이 보답을 원치 않는 일방적인 애정은,
오래도록 짝사랑했던 소꿉친구의 배신에서 시작되
었다. 헤이즐은 어렸을 적부터 자신이 토미와 부부
의 연을 맺게 될 것이라 믿어 의심치 않았었다. 보수
적인 동네에서는 이웃이 곧 가족이 되는 경우가 부
지기수다. 토미도 헤이즐와 같은 동네에 사는, 동갑
내기 소꿉친구였다. 헤이즐은 토미가 좋았다. 토미의
미모가 특출나다고 하긴 어려웠지만, 마을 내에서는
그래도 잘생긴 축에 속했다. 헤이즐도 마찬가지였다.
코가 지나치게 크고 광대는 낮아 얼굴이 넙데데했
지만, 속눈썹이 길고 입술이 적당히 도톰했다. 결점
이 개성으로 상쇄되었다. 사실 마을에 있는 모두가
그랬다. 특별히 아름다운 사람도, 못난 사람도 없었
다. 그래서 헤이즐은 삶의 뻔한 패턴, 성인이 되고
결혼하고 아이를 낳는 일련의 규범을 토미와 함께
따르게 되리라고 더더욱 확신했었다.

하지만 토미는 헤이즐을 선택하지 않았다. 토미는 어떤 놈팡이와 눈이 맞아 마을을 떠나버렸다. 그이후로 헤이즐은 백인이 아닌 인종이 증오스러워졌으며, 같은 성별을 사랑하는 족속들을 저주하게 되었다. 그렇게 헤이즐은 용서가 필요하나 용서받기 난감한 종류의 갈등의 거대한 회전축에 합류했다.

물론 지금의 헤이즐에게는 다른 가족이 있다. 남편 존은 토미한테 견주기도 미안할 정도로 매력적인 남자였다. 비록 그 잘난 남편이나 아들과는 달에 한두 번 겨우겨우 연락을 이어가는 처지이긴 하지만. 그리고 혼인 신고서를 제출한 적도 없긴 하지만. 그들은 명실상부한 헤이즐의 가족이었다. 헤이즐은 존이 아예 여기에 정착하기를 바랐으나, 그는 그러기엔 너무 바쁜 몸이었다.

존은 고고학자였다. 지층과 시간에 쌓인 옛 시간의 것들을 정성스럽게, 천천히 파헤쳐 시간의 궤적을 왜곡해, 잉크로 덧붙인 사건을 전시해놓는 역할. 존은 침대에서 헤이즐에게 그가 추적하는 역사와 그 의미에 대해 장황하게 설명하곤 했다. 청자가 헤이즐밖에 없는 연설은 단 한 번도 대사가 탈선한 적이 없었다. 마치 오래전부터 끝없이 연습해온 것처럼, 그 노력이 빛을 발하는 적기를 찾은 것처럼. 그는 보석의 역사를 좇고 있다고 했다. 그는 세계에 기록된, 현재는 존재하지 않는 보석과 광물을 쫓았다. 지배자와 과학자, 철학자와 유명인, 이 모두를 거쳐 간 기록 속의 귀중품에 미쳐 있었던 그가 헤이즐의 별장으로, 스톤 러시가 벌어진 지역으로 흘러들어온 건 절대 우연이 아니었다.

헤이즐은 그의 말을 완전히 이해하지는 못했지만, 자신의 작업에 자부심을 가지는 그가 한없이 사랑스러워 보였다. 비록 세상이 평가하는 그는 학계에서는 단 한 번도 인정을 받지 못한, 착각 속에 빠져 사는 나르시시스트에 불과했으나, 헤이즐은 그를 자기 세상의 중심으로 말뚝 박았다. 그래서 그가 자신을 떠난 후에, 여기저기 방랑하며 있지도 않은 전설의 유물을 찾아 떠돌며 수없이 많은 여자들을 꾀어도 자신의 집에서 그를 기다렸다. 존은 매력적이었고, 헤이즐처럼 그에게 혹하는 여자들은 한둘이 아니었으나 헤이즐은 자기만은 특별하다고 믿었다.

비록 그의 소셜 미디어를 염탐하다가, 어떤 여자가 그에게 반지를 주며 청혼했다는 사실을 발견했지만 어쩔 수 없는 사정이 있다고 믿어버릴 정도로.

헤이즐은 그의 오른손 약지에 끼고 있는 반지를, 여자와 세트로 맞춰 끼고 있는 1캐럿짜리 레드 다이아몬드 반지를 계속해서 주목했다. 저 유색 다이아몬드가 얼마나 큰 값어치를 하는지 헤이즐은 모르지 않았다. 아니, 누구보다도 잘 알았다. 그리고 그가 보석을 정말로 좋아한다는 사실도. 그가 쫓고 있는 것도 바로 보석의 역사였다. 그는 세계에 기록된, 현재는 존재하지 않는 보석과 광물을 쫓았다. 지배자와 과학자, 철학자와 유명인, 이 모두를 거쳐 간 기록 속의 보석들에 미쳐 있었던 그가 헤이즐에게 접근했다가 바로 떠나버린 건 어쩌면 당연한 일이었다.

하지만 헤이즐은 둘 사이에 그보다 굳은 감정이 있다고 믿었다. 세간의 사랑은 감히 자신과 존의 사랑을 헤아릴 수 없다고. 그의 결혼 소식에 조금 질투가 났다는 점은 인정해야 했다. 하지만 그뿐이었다. 사랑은 예물로 측정되어서는 안 된다. 헤이즐도 원한다면 그에게 값비싼 반지 정도는 맞춰줄 수 있었다. 대출을 받으면 불가능하지는 않을 것이다. 그리고 헤이즐이 낳은 아들이 유일하게 그가 데리고 다니는 자식이지 않은가.

엄마가 보고 싶어요. 다리는 괜찮으신 거죠? 이번 크리스마스는 어머니와 함께 보낼 수 있다면 좋겠어요. 사랑을 담아, 로빈.

아들 로빈은 한 달에 한 번씩 꼭 메일을 보냈다. 이제 막 스물이 된 아들은 제 아버지를 빼닮아 똑같이 고고학을 전공하고 있다. 그렇기에 불가피하게 헤이즐과 같이 있는 대신, 자기 아빠와 같이 지내고 있었다. 존이 혼인한 이후로 로빈은 독립한 것 같기는 했지만, 계속 자기 아버지의 사적인 소식을 전해주었다.

헤이즐은 나른한 일요일에 카우치에 눕듯이 앉아 금속의 손잡이가 고풍스러운 유선 전화기로 로빈과 한담을 나눌 수 있다는 사실만으로도 만족했다. 너무 바빠 전화가 어려울 때는 로빈이 미리 이메일을 보냈다. 메일엔 이번 주엔 전화가 힘들 것 같단 문장과 함께 부자의 근황에 대한 시시콜콜한 이야기를 눌러 담은 활자들이 담겨 있곤 했다. 로빈은 남편과 다르게 헤이즐에게 꾸준한 애정을 표현했다. 착한 내 아들. 헤이즐은 열심히 답장을 보냈다. 하지만 언제부턴가 로빈의 전자 편지를 읽으면서 소외감을 느끼는 일이 잦아졌다. 자신이 겪지 못한 것에 대해, 그리고 남편의 새 동거인을 친근하게 부르는 것에 대한 질투 때문인지 몰라도 이전처럼 즐겁게 로빈의 이야기를 읽을 수 없었다. 그래서 근래엔 본문은 통으로 대충 훑고, 마지막 안부와 사랑의 언어만 백 번씩 되새기게 되었다. 헤이즐이 쓸 수 있는 문장에도 한계가 있었다. 이렇다 할 특별한 사건도, 경험도 없고 소소한 일상을 재밌게 꾸미는 재주도 없는 헤이즐이 타이핑할 수 있는 건 똑같은 안부의 언어였다.

네가 보고 싶구나, 사랑한다. 네 아빠에게도 사랑한다고 전해다오.

헤이즐의 사랑이 언제나 그에게 제대로 전해졌는지, 또 앞으로 전해질지는 미지수였다. 하지만 헤이즐은 기다렸다. 헤이즐의 사랑은 영원히 마주하지 않아도 될 현실 너머에서 건재했다. 그랬기에 어느 날 로빈이 새어머니가 죽었다는 소식을 전해왔을 때, 헤이즐은 어떤 감정을 느껴야 할지 감이 잡히지 않았다. 기뻐해야 할지도 몰랐다. 사실상 기뻐해야 하는 게 이치에 맞았다. 경쟁 상대가 사라졌으니까. 하지만 헤이즐은 한동안 그 사실을 무시했다. 그리고 마치 그 고고학자의 서류상의 아내가 죽지 않은 것처럼 굴었다.

헤이즐이 현실을 직시한 것은 존이 결혼반지를 경매에 넘겼을 때였다. 존은 레드 다이아몬드를 간직하는 대신 돈으로 처분하기로 했다. 보석을 위해 평생을 바친다고 선언하던 남자가 전 세계에 몇 개 되지도 않는 보석 반지를 팔아넘긴다는 사실이 헤이즐에게는 이질적으로 다가왔다. 헤이즐은 그가 반지에 제시한 금액을 하염없이 응시했다. 그렇게 보면 금액이 바뀌기라도 할 것처럼. 실제 경매에서는 액수가 바뀌긴 할 것이었다. 통, 통, 통 하는 나무 망치질 소리에 따라 한없이 올라가겠지. 이 반지를 손에 넣어야겠다는 충동이 들었다. 저 반지는 헤이즐의 것이어야 했다. 무슨 일이 있어도! 하지만 헤이즐은 저 보석의 소유권을 주장할 수 없었다. 시장의 규칙에 따라 저 반지를 다시 사들이는 것 말고는 방법이 없었다. 그러나 어영부영하는 사이 반지는 전화 경매를 신청한 다른 이에게 낙찰되어버렸다.

헤이즐은 하루에도 수십 번이나 그 레드 다이아몬드보다 찬란한 보석을 존에게 건네는 상상을 했다. 너무 찬란해서 역사에 길이 남을 정도로 아름다운 보석. 만약 그런 물질을 존에게 줄 수 있게 된다면, 존은 헤이즐의 곁에 영원히 있어주지 않을까.
그러면 헤이즐은 더는 혼자가 아니게 되겠지.

6

유진

산장은 완전히 고립된 곳은 아니었지만, 마을 사람들이 사는 곳까지 가는 데엔 걸어서 꼬박 40분이 넘게 걸렸다. 얇고 길게 포장된 길이 있긴 했으나 유진은 사서 고생하는 쪽을 택했는데, 그래서 사람의 온기를 느낄 만한 곳에 도달하기까지 시간이 훨씬 더 걸렸는지도 몰랐다. 칠이 다 벗겨진 건축물이 눈에 들어오자마자 유진이 느꼈던 안도감은 말로 이루 다 할 수 없을 정도였으니까.

하지만 마을에 들어가 주민들에게 준비되지 않은 날것의 인터뷰를 따내고, 대본 소재를 뽑아내보겠다는 유진의 계획은 초장부터 무산될 위기에 처했다. 예정보다 긴 산책이 유진의 진을 다 빼놓은 것이다. 이젠 아무래도 좋으니 따듯한 음료를 사 얼어붙은 피부에 대고 녹이고, 음식이나 사서 돌아가고 싶었다. 식료품을 짊어지고 그 먼 거리를 도로 돌아갈 생각을 하니 또 막막해졌다. 유진은 엎친 데 덮친 격으로 멈추지 않는 콧물을 삼키려 코를 훌쩍거렸다.

산장에서는 느긋하게 말을 붙이며 긴장감을 덜 상대가 없었다. 웬디는 새벽부터 분주해 보였고, 산장의 주인인 헤이즐은 아주 가끔 모습을 드러냈지만, 인사를 하려고 치면 고개를 휙 돌려 무안을 주거나 방에 도로 들어가버렸다. 마치 유진이 여기 있는 게 못마땅하지만 모종의 사유로 쫓아내지는 못하는 것 같았다. 별 몇 개 붙은 호텔도 아니면서 생색내기는. 유진은 괜히 심술을 부렸다. 나도 메일만 아니었으면 한겨울에 크리스마스를 목전에 두고 여기에 오지 않았을 거라고. 피차 가족과 연휴를 같이 보내지 못하는 신세인데, 유진 앞에서만 우쭐대는 기세를 내보이는 헤이즐이 유진은 조금 얄미워졌다. 그러면서도 날이 갈수록 고슴도치가 되어가는 스스

45

로가 염려되었다. 가볍게 수다를 떨 상대가 필요했다. 외로움의 부채를 덜면 그만큼 남을 덜 미워할 수 있으리라.

그러나 여기선 그 찰나의 온기를 찾는 과정마저 험난했다. 잠시 엉덩이를 붙이고 숨을 가다듬을, 도시에는 흔해빠지다 못해 사방에 널려 있는 카페조차 보이지 않자 그냥 길가에 드러누워 버리고 싶었지만, 유진은 30년간 다져진 어른의 인내심을 발휘했다. 조금 뒤에야 간판이 내걸린 가게를 하나 발견할 수 있었다. 실내는 따뜻했다. 공기를 메운 히터 바람은 잔뜩 날이 선 유진의 신경을 단숨에 녹이기에 충분했다. 이전에 세 들었던 아파트에서 수도가 잠시 고장 났다고 일주일 내내 불평했던 기억이 떠올랐다. 하느님 아버지, 다시는 제가 가진 것에 불평하는 짓 따위 하지 않겠습니다. 유진은 분위기를 타도루묵이 될 자기성찰을 중얼거렸다.

"새로운 '외계인'이 오셨군!"

하지만 기쁨은 순식간에 수그러들었다.

"예?"

"이런, 표정 풀어요. 농담이었어요. 우리 마을에

서 통하는 농담입니다."

식료품 주인으로 보이는 사내는 계산대 안쪽에
다리를 덜덜 떨며 그렇게 말하곤 킁, 마른 재채기를
내뱉었다.

"여기가 외계인 마을이잖아요. 모르고 여행 왔다
고 말할 건 아니죠? 방문객들이 하도 외계인, 외계
인 하면서 떠들어대서 이젠 외부인이 오면 그냥 외
계인이라고 애칭처럼 말합디다."

"아, 하."

"그런 노래도 있잖아요, 스팅 노래는 너무 오래돼
서 모르시려나. '그래요, 나는 외계인이죠. 합법적인
외계인….'"

"여보."

뒤편에서 선반을 정리하고 있는 아내가 눈치를
주고 나서야 남자는 입을 다물었다. 여기가 뉴욕이
었다면, 그리고 유진이 〈뉴욕 타임스〉에서 계속 활
동하고 있었다면 여유롭게 받아칠 수도 있었을 것이
다. '제가 영국에서 왔다는 사실은 어떻게 아셨죠?'
따위의 알맹이 없는 답변. 그러면 진짜 영국에서 왔
냐는 식의 한담이 이어졌겠지. 하지만 이 백인 토박

이들의 마을에, 외부인과 관련된 자기 내면의 문제로 똘똘 말린 상태로 도망치듯 온 현재의 유진에게 남자의 농담은 조금 고깝게 받아들여질 수밖에 없었다. 일부러 저렇게 말을 돌려서 나를 공격하는 건가, 라는 고질적인 의심부터 피어났다. 하지만 남자의 푸른 눈에는 적의가 없었고, 유진은 잠깐 제 몫이 아닌 죄책감이 들었다. 가끔 이랬다. 유진이 죄책감을 가질 이유가 없는 쪽인데도, 무수한 경험과 상처는 유진을 허수아비 고슴도치처럼 무장하게 해 무고한 사람까지 가시로 찔러버렸다. 상대 쪽에선 가시로 찔렸는지도 모르는 경우가 대다수라 절절매게 되는 건 결국 유진뿐이라는 게 억울했다.

"언더우드 씨네 산장에 머물고 계시는 거 맞죠? 설마 걸어오신 거예요? 걸어오는 것 말고는 달리 여기까지 올 방법이 없긴 하지만."

유진이 별다른 대꾸 없이, 통조림 칸에 어색하게 서서 손등으로 콧물을 훔치자 남자가 다시 말을 붙였다.

"어떻게 아셨나요?"

"여기서 못 보던 사람들은 다 거기에 숙박하는

사람들이에요. 아니면 반대편 호텔에서 묵거나. 근데 호텔 쪽은 당신처럼 혼자 오지 않고 무리 지어서 오거든요. 누가 봐도 나는 관광객이요, 티를 내면서. 그런데 이 기간엔 호텔에 숙박하는 사람조차 없죠. 특별한 목적성을 가진 사람만 와요, 여긴. 솔직히 말해서 여긴 관광거리가 없잖아요."

"와. 저. 아무 말도 안 했는데 벌써부터 여기 온 이유를 간파당한 거네요."

"하하! 그런 거죠. 먼 길 걷느라 고생하셨겠네. 자전거라도 빌려주고 싶은데 지금 날씨에는 길이 얼어서 자전거를 타면 더 위험해요."

유진은 남자의 실없는 수다가 미치도록 반가웠다. 비록 무례와 친절을 아슬아슬하게 오가기는 했지만, 그런 줄타기마저도 은근히 즐거웠다. 말과는 다르게 식료품 주인은 유진을 이방인 취급을 하기는커녕 꼭 하루 만에 만난 이웃처럼 대해주었다. 거기다가 예상외로, 남자의 한담에는 정보값이 많았다. 그는 유진이 식료품을 고르는 그 짧은 시간 동안 여길 오갔던 손님들에 대해서, 그리고 마을에 대해서 술술 털어놓았다. 덕분에 유진은 가게 안쪽으로

49

들어가지 못하고, 계산대 앞쪽에만 어정쩡하게 머물러 고를 수 있는 음식이 제한적이었지만, 그 얘기라는 게 꽤나 흥미로워서 어느새 때가 탄 플라스틱 바구니에 든 물건 계산을 전부 끝냈음에도 배낭에 짐을 넣다 말고 헤, 하고 입을 벌리며 남자의 얘기를 듣고 있었다.

이곳엔 산 사람만큼 죽은 사람도 많은 것 아시오? 여기는 여러 번 탄광촌이 개발된 곳이지. 석탄이나 셰일 가스로 산맥을 밀어버렸을 때, 그리고 헤일로 사건이 터졌을 때. 19세기에 사금을 모아 부자가 되려고 했던 야심가들처럼, 보석 파편을 모아 부자가 되려고 했던 이들이 떼를 지어 몰려왔지. 일각에서는 그 보석 파편이 우주에서 온 위험 물질일 수 있다고 경고했지만, 대다수는 무시했죠. 아무렴. 돈을 벌 수만 있다면 뭘 못하겠소? 온 세상이 떠들썩했지. 당시 '헤일로'와 돌연 무더기로 발견된 '보석'들에 어떤 상관관계가 있는지. '헤일로'가 발생한 지역에 무엇이 있었던 건지. 하지만 누구도 비밀을 밝혀내지 못했소. 사실 처음부터 비밀이라는 게 없었는지도 모르지.

"보석도, 원석도 발견하지 못했고요."

유진이 저도 모르게 끼어들며 장단을 맞추었다.

"'스톤 러시'를 모르면 분명 간첩이거나 속세 이탈자겠죠."

"그렇지만 사람들은 이건 모르지. 여기에, 그만큼, 유령이 들끓고 있다는 사실 말이오."

"유령이요?"

"여보, 제발."

"걱정 마, 율리. 쓸데없는 얘기는 안 할 테니. 아가씨 혹시…."

"아가씨 말고 멕… 맥걸이라고 불러주세요."

"맥걸, 어떤 붐이 일었든, 실제로 알부자가 된 노동자는 드문 건 알지요? 이런 말을 하면 나를 부정하게 보는 치들이 있어서 묻는 거요."

"아, 물론 알죠. 돈을 쏠랑 벌어먹는 건 욕심 많은 회사 측이죠."

"그렇지. 우린 뭔가 통하는군. 맥걸, 이번에 스톤 러시가 거품이었고, '헤일로' 이후엔 보석이 단 1그램도 채굴되지 않았으니 막대한 손해를 본 회사는 피해자라고 여론몰이를 많이 하던데, 불공정 계약으로 고용되었다가 광산에서 죽은 광부들은 날조된 숫자로만 언급되었을 뿐 제대로 다뤄지지가 않았소. 그도 그렇게 보석을 캐려던 일꾼들이 다 기괴한 사고로 죽었거든.

아니, 조금 과장했다는 건 인정하겠소. 갱도가 무너지거나 폭발하는 등의 일반적인 사고도 있었지만, 인과관계를 평범하게 설명할 수 없는 일들도 많았소. 꼭 보석을 찾으려는 시도를 멈추라는 것처럼….

그런데 언제부턴가 요 근방에서 이런 소문이 돌고 있소. 이 산맥의 초자연적인 존재가, 유령이 된 광부들이 '헤일로'의 보석들을 숨겨두고 있다는 소문. 그래서 얼마 전엔 이상한 영매 단체에서 은막대 같은 걸 들고 주문을 중얼거리면서 여길 떠돌았다니까. 지금 당신이 머무르고 있는 산장의 주인도 아마 보석을 노리고 있을 거요."

"언더우드요? 그 금발에 키가 6피트는 되어 보이는 분?"

"그래요, 그 헤이즐 언더우드. 버려진 농가를 사들여 자기 별장 겸 산장으로 개조하면서 원래는 봄이랑 여름에만 머물렀는데, 언제부턴가 민박으로 운영하면서 거기에 거의 살다시피 하더군요. 옆집 할범은 언더우드가 영매라 거기 지내며 유령과 소통하며 보석의 위치를 알아내려고 한다고 귀가 따갑도록 같은 말을 반복하고 있지."

숲속의 마녀, 언더우드. 둘을 붙여놓고 보니 어감이 잘 어우러졌다.

"아, 그러고 보니 그분, 특이하긴 했어요. 진주알을 꿰듯 반투명한 돌들을 알알이 엮어서 목걸이처럼 하고 있던데, 종종 그 돌을 불교의 염주처럼 하나하나 어루만지며 뭐라 중얼거리더라고요."

"그러니 언더우드를 잘 구슬리면 보석 창고의 위치를 알 수 있을지도 몰라요."

여기서 유진은 잠깐 말을 멈추고 식료품 주인을 바라보았다. 보석의 위치, 라는 말한 것은 자신이 메일을 보낸 장본인이라는 암시를 슬쩍 흘린 걸까? 하지만 남자의 얼굴은 마냥 천진했다. 연기라면 당장 할리우드로 데려가 조연이라도 시켜야 할 정도였다.

"하지만 서두르는 게 좋을 걸요, 라이벌이 있으니까."

"라이벌요?"

"그 산장에 지금 한 명이 더 머무르고 있잖소. 머
리를 콘로우로 바짝 묶은 흑인 여자 말이요. 사나흘
전부터 여길 들락거렸는데, 못 봤소?"

"못 봤어요."

정말이었다. 여기에 온 지 겨우 이틀밖에 되지 않
았지만, 웬디와 언더우드를 제외하고는 공용화장실
에서도, 부엌에서도, 거실에서도 누구도 마주친 적
이 없었다.

"이름이 데자라고 하던데, 사실 말이오, 그 여자
도 조금 수상하오. 내가 남을 잘 의심하는 성격이
아닌데…"

순간 남자의 눈이 유진의 어깨 너머로 꽂히더니,
입이 딱 다물렸다. 반사적으로 시선을 따라간 유진
은 상점 문가에 선 여자를 발견할 수 있었다. 유진은
어렵지 않게 그가 데자임을 알아차렸다.

7

헤이즐

"보석은 얼마 정도 해요?"

"가격이 다 다르지."

"제일 값어치가 있는 건요?"

"다이아몬드 종류? 희귀할수록 값이 올라가."

"그 희귀한 원석들이 여기에 많이 묻혀 있는 거고요."

"그렇다고 하니까 회사들이 득달같이 달려드는 거겠지. 예전에 폐광된 곳 근처에 다시 광부와 탄굴 기계가 모여들고 있어."

"그래도 우리 편을 들어주는 사람들이 있잖아요."

"시위를 하는 사람들? 그 사람들이 우리 편이라고 생각하니?"

"우리의 인권을 지켜야 한다고도 얘기하고, 더 이상 산이랑 숲을 파괴해서는 안 된다고도 얘기해주잖아요."

"하지만 우리 생계를 책임져주지는 못하지."

"그치만 우리가 비참하게 죽어서는 안 된다고 변호해주는데."

"헤이즐, 인간의 몸은 다 합해서 31만 달러 정도 한단다. 그리고 비싼 다이아몬드 캐럿당 100만 달러 정도 하지."

"왜요? 왜 그렇게까지 차이 나요? 사람의 목숨보다 중한 건 없잖아요."

"사람의 목숨보다 중한 건 없지만 영혼이 빠져나가고 남은 몸은 그리 중요하지 않지. 여러 군데 쓰일 수는 있어. 장기 기증을 해서 누군가의 삶을 한층 낫게 할 수도 있고, 해부를 허락함으로써 의학 발전에 기여할 수도 있고, 묻어두면 먼 미래의 석유가 되거나 하는 식으로, 기타 등등. 그렇지만 포르말린에 절이지 않는 이상 묘지에 묻히는 시체들은 다 썩어버리잖니. 돈이 측정하는 건 딱 그 정도의 근시안적인 가치야."

"돈 말고 다른 측정 단위를 쓰는 건 어때요."

"다른 걸 주류 화폐로 쓰기엔 인간의 생은 짧거든. 썩은 건 더럽고 빛나지 않아. 하지만 다이아몬드와 에메랄드와 진주는 몇 세대를 합친 시간만큼, 어쩌면 그보다 더 오래 빛나지."

삼촌은 손톱만 한 돌멩이를 엄지와 검지 사이에 두고 하늘을 향해 들어 올렸다. 파편은 삼촌의 눈동자 안에서 불량한 일식을 만들어냈지만 오래가지 않았다. 한낮의 햇빛은 너무 강했고, 가려지지 않은 가장자리의 자외선은 삼촌의 눈을 따갑게 찔렀다. 삼촌은 눈을 질끈 감았다. 그리고 뜨지 않았다.

"사실은 살아 있는 인간도 죽은 시체만도 못한 취급을 받을 때가 많아. 그렇기에 끊임없이 증명해야만 하지. 왜 살아 있어야 하는 건지, 왜 사회 복지 혜택을 받을 자격이 있는 건지, 왜 목구멍에 음식이 들어가야 하는지. 하지만 광물은 땅속에서 가만히 묻혀 있기만 해도, 인간들이 눈에 불을 켜고 달려들며 발굴해낼 방법을 찾아내지. 아무것도 안 하지만

모두가 그 가치를 알아. 이렇게 눈을 감고 있으면 딱
딱하기만 할 돌덩이일 뿐인데도…"

그해 삼촌은 탄광에서 목이 부러져 돌아가셨다.

8

유진

"폰 카메라가 훨씬 더 쓰기 좋지 않아요?"

침묵을 견디다 못해 유진이 결국 먼저 한마디를 툭 건넸다.

"여기까지 걸어와서 사는 게 일회용 카메라 필름 이라니…. 아니, 별다른 뜻은 없고요. 이런 곳에 와서 필름 카메라를 쓰는 사람은 진짜 오랜만에 보는 거 같아서. 그래도 수요가 있으니 가게에서도 파는 거겠죠."

데자의 가만한 눈길에 유진은 변명하듯 얼버무렸다. 데자는 이상할 정도로 말이 없었다. 콕스의 가게에서 마주쳤을 때부터, 데자는 유진에게 간단한 안부를 건네려는 시도조차 하지 않았다. 낯을 가리는 건 아닌 듯했다. 사실 유진은 이유를 알 것 같았다. 유진 자신이라도 가게 문을 열고 들어왔는데 이름도 모르는 타인 둘이 자기 이름을 입에 오르내리며 수군거리면 기분이 나쁠 것 같았다. 아니, 나쁘다 못해 불쾌할 게 뻔했다.

데자를 헐뜯은 게 아니라고 변명할 틈도 없었다. 데자는 망설임 없이 자기 볼일을 보고 가게를 떴다. 지갑에서 돈을 하나하나 세지 않고 준비해둔 지폐와 동전을 미리 내밀어 잔돈 처리로 발생하는 교류의 공백을 깔끔하게 줄여서 갑자기 주변 환경이 유진에게 무안을 주기 위해 세팅된 건 아닌가, 라는 의심마저 들게 했다. 데자가 일회용 필름을 자주 사서 가격을 알았기에 그런 건가 싶기도 했지만, 식료품 주인의 혼잣말에 따르면 데자가 음식이 아닌 다른 것을 구매하는 건 처음이란다. 유진은 데자가 나가자마자 머뭇거리며 콕스에게 인사하고는, 얼른 데자를 따라잡았다.

유진이 잔뜩 위축되어서 그럴 수도 있겠지만, 데

자는 한 끗 차이로 비현실적인 분위기를 풍겼다. 같이 걷는데도 다른 공간을 거니는 것 같았다. 표정부터가 그랬다. 입술이 부드럽게 다물려 올라간 미소는 주변에 대한 관심과 여유에서 우러나오는 게 아니라, 얼굴 근육이 미세 나사로 고정된 느낌이었다. 옷차림도 주목할 만했다. 이 한겨울의 숲에서, 그것도 산장에 머문다는 사람이 한 뼘짜리 부츠에 베이지색 캐시미어 코트를 입고 다닌다니. 하지만 억지로 꾸민 멋이 아니었다. 데자는 그렇게 입으면서도 어떤 기품을 유지하고 있었다. 아니지. 데자는 동떨어져 있었다. 꼭 어린애가 수영복을 입은 종이 인형을 결혼식장 배경에 풀칠해 딱 붙여놓은 느낌이라고 해야 하나. 유진은 최대한 자연스럽게 데자의 부츠를 곁눈질했다. 그렇게 걸었는데 부츠의 굽은 부러지지도 않았고, 진흙이나 다른 오물로 얼룩지지도 않았다. 데자는 1분 넘게 뜸을 들인 후에야 유진의 말에 대꾸했다.

"폰을 안 들고 와서요."

"여기까지 위성 내비게이션도 없이 그냥 오셨다고요? 대단하신데요."

"아뇨. 여기 여행 오면서 아예 폰을 두고 왔어요."

세상에 그럴 수가 있나. 유진이 속으로 중얼거렸다. 지금 이 시대에 스마트폰을 떼놓고 살 수 있는 사람이 어디 있다고. 그리고 비행기나 열차 같은 교통수단을 이용하려면 폰이 없어선 안 됐다. 없어도 가능했던가? 웬만한 모든 일을 핸드폰의 앱을 이용해 처리했던 유진은 아날로그식 방식이 아직 어디까지 유효한지 감을 잡을 수 없었다.

"그렇군요. 그래도, 뭘 찍으려는 건진 모르겠지만 디지털 기기를… 괜히… 등지는 건 그쪽 손해일걸요. 요즘 내장 카메라가 얼마나 좋은데. 삼성이든 애플이든 라이벌 기업 이겨 먹으려고 무서운 속도로 개발을 해대서. 이젠 거의 원하는 만큼 확대가 가능하다니까요."

"확대가 안 되는 게 좋은 거예요."

데자가 마침내 입을 열었다.

"와, 저희 아버지처럼 말씀하시네요."

"당신 아버지요?"

"네. 저희 아버지도 디지털보단 아날로그 파거든요. 요즘은 지나치게 많은 것들을 전자 기기에 의존

하고 있다면서, 주말에는 시간을 정해두고 핸드폰을 강제 수거하고, 거실에서 텔레비전에 아예 비밀번호를 걸어버리셨어요. 가족 식사끼리 식사하면서 뉴스나 정치토론 볼 때나 시청이 가능했죠."

"흠."

"그래도 건강한 활동을 하는 건 그저 그때뿐이었지만…. 사진도요. 아버지도 필름 카메라 애호가시거든요. 전문가는 아니어도 웬만한 전문가만큼은 기술이 뛰어나세요. 덕분에 저도 알음알음 아는 척 좀 할 수 있을 수준은 되었고."

"그래요?"

말을 하면 할수록, 유진은 바보가 되어가는 느낌이었다. 무관심을 가리기 위해 데자의 반응 전면에 세워진 예의의 요새가 유진을 더 아프게 했다. 학교가 사회의 전부라고 여기던 학창 시절, 잘나가는 무리에 끼기 위해 기꺼이 광대 노릇을 하는 청소년이 된 기분이었다. 실상 잘못한 것도 없는데 억울하다며 이즈음에서 멈출 수도 있었다.

하지만 데자가 여기에 얼마나 머무를지 알 수 없었고, 유진은 벌써부터 껄끄러운 사이를 만들기는 싫었다. 그리고 보물찾기를 하려면 적이 아닌 조력자가 필요했다. 한순간의 오해로 훗날의 카드를 놓쳐버리는 건 얼치기나 하는 짓이다. 그리고 사실, 단순히 오해를 푸는 것 이상으로, 유진은 데자와 친해지고 싶었다. 처음 마주친 순간부터 데자에 대한 호감이 싹텄다. 찰리를 두고 외도의 싹이 텄다는 건 결코 아니었다. 데자는, 이 산장의 초대권을 쥐여준 메일의 화자 같았다. 데자가 메일을 보낸 발신자라는 확신보다는, 메일이 하나의 소설이고, 유령을 주인공으로 친다면, 그 주인공에 데자가 가장 적합할 것 같다는 느낌에 가까웠다.

유령. 실체가 없는 영혼 더미를 지칭하는 단어. 전생과 환생을 믿고 싶어 하는 자들이 창조한 개념. 애초에 유령 자체가 방랑의 속성을 가지고 있으니 여러 세계를 떠돈다는 서술 자체로는 유진의 그리 큰 흥미를 불러일으키지는 못했을 것이다. 그러나 미신의 영역이 전문적인 물리학 용어 같은 권위 있는 문체와 뒤섞이게 되면, 어쩐지 업신여길 수 없는 설득력이 부여된다. 거기에 접목된 상상과 현실을 접목할 적절한 사물이나 대상이 나타나느냐가 유령에게 부피를 선사하는 관건이 되는데, 유진의 상상은 데자를 선택한 것이다. 적절한 시기, 적절한 장소에 적절한 신비감을 가지고 나타난 데자를. 사람은 가끔 상대방을 있는 그대로 보기보다는 그 상대의 육체를 빌려 투영된 욕망을 본다.

유진은 자신이 하는 짓이 하나의 역할극과 다를 바 없다는 사실을 직시했다. 그러니까 이건 무대 없는 작은 역할극이었다. 데자는 팟캐스트 대본에 쓰일 '유령'의 적절한 표본이었다. 그래서 유진은 자존심을 굽히고 데자와의 오해를 풀기로 결심했다. 기왕 여기까지 온 거 계속 위축되어서 지낼 수는 없지 않은가.

그리고 지금의 유진에게는 친구가 필요했다. 그게 가장 중요했다.

9

웬디

산장에는 달력이 못해도 다섯 개 이상은 있었다. 그것도 전부 헤이즐의 소유였는데, 단 하나도 그냥 의미 없이 쓰지 않겠다는 듯 달력에는 헤이즐만 알 아볼 수 있는 표식이 빽빽하게 그려져 있었다. 어떤 달력에 어떤 그림이 추가되는지 찾아보는 건 나름의 재미가 있었다. 달력은 크기도, 폰트도 달랐지만 하 나같이 위에는 각기 다른 사진이 부차적으로 배치 되어 있었다. 유명한 화가의 작품이기도 했고, 어디 서나 볼 수 있는 무료 사진을 가져다 붙인, 자세히 몰두해 감상해야만 옅은 감동을 느낄 수 있는 풍경

사진이기도 했다. 11월의 사진도 그랬다. 영 엉뚱한 사진을 가져다가 붙여놓았는데, 한겨울에 반나체로 수영을 하는 청소년들이 얼굴을 잔뜩 찌푸리고 있었다. 이번 여름인가 가을에 방문한 민박객 중 한 명이 위에다가 빨간 유성펜으로 선정적이고 천박한 낙서를 해놓았는데, 헤이즐은 전혀 개의치 않고 달력을 꿋꿋하게 계속 썼다. 새로 사는 게 아까워서라기보다는, 1년을 채워가는 자신만의 기록을, 이제 와서 버리기엔 아까운 것이리라. 웬디도 조잡한 낙서 따위야 관심이 없었지만 낙서를 한 사람의 의도가 궁금하긴 했다. 주체할 수 없는 성욕의 발현, 아니면 누군가를 골리고 싶다는 유아적인 발상. 기억하기로는 이 낙서를 갈겨놓은 인물은 산장을 떠나기 직전 헤이즐과 안 좋은 충돌이 있었다. 그에 대한 보복으로 그려놓은 것일지도. 헤이즐이 모욕을 느끼리라고 확신하면서. 영국의 탐정처럼 거기까지 대강 추측하고 나면, 그 커플의 관찰력과 성의가 얼마나 부족한지, 안타까워할 수밖에 없게 된다. 산장을 조금만 둘러보면, 제대로 상처를 줄 수 있는 헤이즐의 영혼이 깃들어 있는 곳을 발견할 수 있을 텐데 그들은 그런 노력조차 기울이지 않았다.

산장의 물건은 갈수록 쌓여갔다. 헤이즐은 산장 안에 비어 있는 공간이 조금이라도 있으면 질식할 것처럼 굴었고, 덕분에 산장은 그리 작지 않음에도 들어서는 순간 비좁다는 인상을 주었다. 유일하게 탁 트인 곳은 전면에 호수가 보이는 대형 창문이었 다. 전신거울 세 개는 합쳐놓은 듯한 창 양옆에, 다 섯 칸의 책장 받침대가 날개처럼 붙어 있었다. 오래 된 베스트셀러부터 고전과 시집 들이 한 번 뽑으면 다시 꽂기 어려울 정도로 빽빽하게 끼워져 방치되었 는데, 웬디를 제외한 산장의 방문객은 아무도 책을 건드리지 않았다. 그렇기에 그 누구도 가장 위 칸의 종이 뭉치에도 주의를 기울이지 않았다. 오로지 웬 디만, 앞쪽 다리가 부러진 흔들의자에 놓인 구식 전 동 타자기와 빛 바란 종이 뭉치 사이의 상관관계를 알았다.

종이 앞면을 펼쳐보면, 글자가 나온다. 운과 행을 맞춘 것이 시라는 사실을 알 수 있다. 하지만 뒤로 갈수록 단어와 문장은 줄고, 말줄임표만 늘어간다.

나는⋯⋯

우거진 울음 속에서,

⋯⋯⋯

⋯⋯ 반짝반짝 ⋯

⋯ 하는 것들.

이런 식이다. 언어로 치환할 수 없는 감정과 서술을 표현하는 수사학적 기법인 척하지만, 사실은 정말로 쓸 말이 없어서, 쓸 단어를 생각해낼 수 없어서 말줄임표로 대체한 게으른 시. 요즘 헤이즐은 이마저도 쓰지 않았다. 전동 타자기는 제 기능을 상실한 지 6개월이 조금 넘었다. 그랬기에 요즘 웬디는 헤이즐이 내버려둔 빈 구절 안을 멋대로 볼펜으로 채워 넣는 취미로 시간을 때웠다. 잡지에서 발행하는 십자말풀이와는 조금 다른 재미가 있었다. 십자말풀이가 단어를 맞추는 데에 목적이 있다면, 웬디의 빈칸 채우기는 헤이즐이 가장 쓰지 않을 법한 말을 써서 시를 망치는 데에 목적이 있었으니까. 이것이야말로, 헤이즐이 가장 모욕적으로 느낄 만한 행위였다. 안타까운 일이라면 헤이즐이 자기의 기록물을 두 번 다시 펼쳐보지 않는다는 점이었다.

어떻게 보면 오히려 웬디가 공백의 영향에, 생략의 기법에 매몰되어가고 있다고 봐도 무방했다. 그리하여 산장에 두 명의 새로운 방문객이 오게 된 겨울, 신시사이저 같은 음을 내며 정신을 몽롱하게 만드는 호수의 방판을 딛고 선 웬디가 말줄임표의 온 점 여섯 개를 "점, 점, 점." 하고 혼잣말처럼 직접 발음했을 때, 호수는 웬디의 언어를 처음 인식하게 되었다.

10

유진

    유진이 데자에게 다시 제대로 된 대화를 붙일 기회는 이틀 후, 이른 아침에야 찾아왔다. 연기 냄새가 텁텁하게 공기에 고였다가 유진의 콧속으로 들어왔다. 호수는 꽁꽁 얼었는데도 주변에 두껍게 물안개가 퍼져 있었다. 산장 바로 앞에 있지만 않았다면 발걸음 할 일이 없었을 텐데, 혹시나 싶은 마음에 담요를 두른 채로 대충 내려와보니 아니나 다를까, 데자가 있었다. 이른 시간인데다가 공용 욕실의 물이 데워지는 소리도 못 들었는데, 데자는 말끔하게 화장을 하고 다른 세련된 외출복을 입고 있었다. 캐리어를 몇 개나 끌고 왔을까, 라는 의문보다도 데자가 진짜 초인적인 존재일지도 모르겠다는 의구심이 가상의 역할극 시나리오 속에 더해졌다. 데자는 카메라를 들고 있었다. 일회용 필름 카메라였다.

"그걸로 초점이 맞춰지기는 해요?"

가만한 숨소리가 들렸다. 데자가 유진의 출현을 어떻게 생각하는지 억지로 추측하지 않기 위해, 유진은 일부러 시선을 호수에 고정했다. 긁힌 자국과 얼음 가루들이 군데군데 보였다. 근래 여기서 누군가 스케이트를 타는 광경을 본 적은 없었는데.

"전문적인 사진을 찍으려는 건 아니어서 상관없어요."

간략했지만, 유진이 자리를 떠나주길 바라는 어투는 아니었다.

"뭐든 직관적으로 보길 좋아하시죠?"

"네?"

유진 자신이 들어도 갑작스러운 말에 데자가 옅은 웃음을 터뜨렸다. 뜻밖의 긍정적인 호응이었다. 이렇게나 빨리 데자가 호의적으로 구리라고는 생각지 못했다. 무엇이 데자의 태도를 이렇게 바꾸었는지는 알 수 없었다. 잠에서 덜 깬 아직 완전히 활성화되지 않은 뇌, 안개가 벌려놓은 심리적인 여유의 공간, 나뭇가지를 솜씨 좋게 피하지 못한 바람이 내뱉는 푸념. 이유가 무엇이 되었건, 기회였다. 유진은 들뜬 기분을 드러내는 초보적인 실수를 저지르는 대신, 노련하게 준비해두었던 대사를, 준비하지 않은 척 자연스럽게 읊조렸다.

"사소한 것 전부 추리의 단서가 되니까요. 어디보자, 당신은 계획한 것이 조금이라도 어긋나면 참지 못하고, 완벽을 추구하며, 당신만의 신조가 있죠. 그리고 남에게 보여지는 것을 굉장히 중요시해요. 시선을 소극적으로 의식한다기보다는, '나를 항상 바라보는 건 거울 속의 내가 아닌 나를 마주치는 수많은 타인' 같은 느낌으로요."

유진은 점쟁이들이 카드를 읽는 때 쓰는 포괄적인 언어 기법을 사용하면서, 두 손을 기도하듯 모아 안에 입김을 불어 넣었다.

"그렇게 생각하는 근거는요?"

"아침부터 화장을 완벽하게 마치고, 유명 관광 명소도 아닌 곳을 거니는 사람은 거의 없으니까요. 그리고 이런 산길을 그 정도 높은 부츠로, 흔들림 없이 다닌다면 부츠 밑창이 발바닥 역할을 할 만큼 자주 신었다는 거겠죠. 마지막으로, 계속해서 필름 카메라를 고수하는 걸 보면, 나름대로 어떤 철학이 있어서라고 생각했어요. 그 부분은 멋대로 추정하지 않을게요."

"세상에."

"틀린 부분이 있나요?"

"글쎄요."

데자가 카메라의 렌즈를 유진 쪽으로 돌렸다. 갑작스럽게 피사체의 영역 안에 들어선 유진은 순간 외투 안쪽의 솜털이 바짝 곤두서는 감각을 느꼈다.

"나쁘지만은 않은 추리였어요. 유진 멕바인 씨. 그런데 알아줬으면 하는 게 있는데, 필름 카메라, 당신 생각만큼 구닥다리는 아니에요. 일회용도 감도 조절이 가능하고, 목적에 따라 필름을 고를 수 있을 만큼 종류도 다양하거든요."

데자는 유진의 이름과 성을 모두 알고 있었다.

"철학이 있는 건 맞아요. 철학이나 신조라고 하기엔 거창한 부분이 없지 않아 있지만…. 저는 사진을 연구하고 있어요."

"사진작가…이신가요?"

"아뇨. 말 그대로 개인적으로 연구하고 있는 거예요. 재밌어서요."

찰칵, 하는 일회용 카메라 특유의 소리가 둘 사이를 되튀었다. 유진의 몸이 굳었다. 전에도 직업 특성상 허락 없이 사진이 찍히거나 게시되는 경우가 왕왕 있긴 했지만, 이번엔 단순히 초상권이라는 권리가 침해되었다는 거북함보다도, 이전에 있는지도 몰랐던 몸속의 무언가가 쑥 빠져나가고 다른 요소로 채워지는 이물감이 들었다. 하지만 유진은 동요하지 않으려 애썼다.

"아, 그렇죠. 사진은 아무래도 배치나 구도나, 빛이 들어오는 각도에 따라서 완전히 다른 작품이 나올 수도 있으니까…."

"'자르는' 거잖아요."

카메라의 몸체에 감긴 흰색과 녹색의 경계가 순간 흐려진 것도 같았다.

"세상을 아주 편협한 단편으로 잘라내서, 하나의 상징으로 대표하는 행위를 연구하고 싶었어요. 누가

시켜서 하는 건 아니고, 개인적으로 궁금해서."

"이해를… 못 하겠어요."

"현상을 현상해서 가둬두는 것에 의미를 찾고 싶었어요."

데자가 카메라를 내렸다. 검은 눈이 드러났다. 해가 천천히 떠오르고 있었고, 구름이 채 솎아내지 않은 햇살이 사물을 가리지 않고 찔러댔다. 유진의 눈이 가늘게 접혔다. 재치 있는 답변을 내놓고 싶었지만 사고 회로가 막혀 일차원적인 수준에만 머물렀다.

"꼭 사진에 갇히길 두려워하는 유령처럼 말씀하시네요."

대답이 잘못된 거였을까, 대화의 흐름이 끊겼다. 유진은 긴장했다. 겨우 반전된 인상을 다시 무너뜨리게 되면, 다음은 아예 없을지도 모르는데. 그러나 얼마 안 있어 낮은 웃음소리가 번졌다. 데자가 나직하게 중얼거렸다. 혼잣말 같기도 했다.

"우린 모두 어떻게 보면, 한 장의 차원에 갇혀 있으면서 자각하지 못하는 유령이죠."

그럼 당신은, '자각한' 유령인가요? 유진은 그렇게 물으려다가 그만두었다. 대화가 사변적으로 흘러가고 있고, 유진이 이런 얘기에 단련되어 있지 않은 건 둘째치더라도, 얘기를 더 나누다 보면 후회할 일이 벌어질 것 같단 직감이 들어서였다. 꼭 데자가 난파선의 선원을 유혹하는 세이렌이라도 되듯, 데자가 유도하는 어떤 단어를 목소리로 내뱉으면 그게 주술적인 효과를 내어 유진이 호수의 물안개에 휘감겨 사라질 것만 같은 터무니없는 느낌. 데자는 필름 카메라를 열더니, 필름을 꺼내어 유진에게 건넸다.

"아, 초상권 침해로 신고할 생각은 없었는데…."

"보물찾기에 실패하시더라도 전리품 하나 정도는 남기고 가는 게 좋잖아요."

"어떻게…."

"여기 오는 사람들 목적이 다 똑같죠, 뭐. 저는 여기 무덤을 찾으러 왔지만."

유진은 유령의 무덤이라는 게 보석이 묻힌 곳을 뜻하는 속어인지 궁금해졌다.

"탄광촌의 대형 사고로 죽은 광부들을 기리는 곳은 따로 있어요. 심지어 여기서 몇 마일은 더 떨어진 국립공원 안에 있는데."

"그 무덤 말고, 다른 무덤이요."

숲 안쪽에서부터 쉿쉿거리는 소리가 울려 퍼졌다.

"여기는 묘비 없는 무덤 천지거든요."

유진은 잠깐 데자도 유령 관광과 관련한 이야기를 아는지, 거기에 관련된 소속 직원이 의아해졌다. 말장난을 하자면 세상 전체가 묘비 없는 무덤이다. 인간뿐 아니라 산짐승, 하다못해 생식기능만 유지하는 세포와 미생물이 이 지구 위에서 징그러울 정도로 많이 태어나고, 그만큼 소리소문없이 죽어나간다. 하지만 데자가 그런 발상은 의도한 건 아니리라. 유진의 입술이 떨어졌다가 도로 다물렸다. 다른 날도 아니고, 땅이 꽝꽝 얼어 있는 이 계절에 토지가 몸 아래 깊숙이 숨겨둔 비밀을 찾는다고 한다는 게 이젠 호기심보다는 의구심이 들었다.

"거기서 원하는 걸 찾으실 수 있겠어요?"

"아, 물론이죠. 여기 아니면 다른 곳에서는 못 찾아요."

데자가 중얼거렸다.

"도와줄 다른 친구가 있기도 하니 괜찮을 거예요."

11

웬디

웬디는 장작을 가지러 나오다 말고 우두커니 멈춰 섰다. 깜찍하게도 정성껏 둥글게 굴려져 이등신의 몸통을 갖춘 눈사람 하나가 근처에 자리를 잡고 있었다. 용케 적당한 크기의 돌멩이를 구해 이목구비를 얹은 건 둘째치고, 잘록하게 들어간 목 부근에 둘린 회색의 뜨개 목도리가 웬디의 시선을 끌었다. 유진이 산장에 들어온 첫날 둘렀던 것이었음을 금세 기억해낸 웬디는 성큼성큼 눈사람 앞으로 다가갔다. 살짝 들춰본 목도리의 안쪽의 굵은 실 가닥마다 눈송이가 엉켜 잔얼음으로 굳어 있었다. 어차피 목도리는 생명 없는 눈사람을 따뜻하게 해주지 못하고, 오히려 한기가 옮아 따라 얼어붙을 뿐인데, 이런 장식을 해두는 이유를 웬디는 잘 이해할 수 없었다. 뭉친 눈덩이에 흙이나 다른 오물이나 야생 동물이 배설물이 묻어 있기라도 하면 빨래가 번거로워지고, 운이 안 좋으면 직물이 뜯겨 걸레짝과 다를 게 없어졌다.

"부술 건가요?"

부스스한 몰골의 유진이 안에서 지켜보다가 물었다. 토가처럼 두른 담요가 신발에 밟힐 정도로 길게 늘어져 있었다. 눈 밑에 그늘이 져 있는 게 며칠간 잠을 잘 자지 못한 듯했다.

"뭣 하러요."

"통로를 막는다거나 나중에 처리하기 골치 아파진다거나 할 수 있으니까요. 그런 이유면 상관없지만, 만약 거슬린다면 제가 없앨게요. 자기 마음에 안 든다는 이유나 그냥 부수고 싶다는 이유로 산산조각 나는 모습을 보는 건 꽤 기분이 안 좋더라고요. 물론 당신이 그런 사람이라는 건 아니고…."

"오랜만이라서요."

웬디가 목도리를 놓지 않은 채로 어깨를 으쓱했다.

"직접 만든 눈사람을 보는 게."

"눈 굴리면 동심으로 돌아간 것 같고 좋아요. 가끔 삶이 팍팍하다고 여겨지면 하나 만들어봐요."

"나중에 해볼게요."

"참고로 그 친구 이름은 피터예요."

아, 피터. 여기서도 피터를 소개받을 줄은 몰랐는데. 웬디의 입매가 비죽 올라갔다. 물론 유진에게 이전에 자신이 피터라는 남자들에게 네버랜드와 팅커벨을 두고 되지도 않는 수작을 얼마나 많이 들었는지 구구절절 설명할 생각은 없었다. 신기하게도 피터라는 이름이 하나 덧붙었을 뿐인데 손대기가 영 마뜩잖아졌다.

"그래요. 반가워요, 피터. 그러고 보니 멕바인 씨, 냉장고에 있는 샌드위치랑 라자냐가 줄지 않았던데 식사는 제대로 하신 거 맞나요. 양동이에 스튜 끓여놨는데 먹어요. 많이 남았거든요."

"아, 아녜요. 괜찮아요. 작업을 하다 보니 입에 뭘 넣을 여유도 없네요. 뭐 하나 물어보고 싶어서 내려왔는데, 1층 난롯가 옆 책장에 꽂혀 있는 책들, 몇 권 빌려도 될까요?"

"네."

전부 헤이즐의 책이었지만 웬디는 제 것이라도 되는 것처럼 답했다.

"편하게 빌려보세요."

"감사해요. 그리고 혹시 이 근처에 무…. 아니, 아니에요. 못 들은 걸로 하세요."

미리 눈여겨봤던 게 있었는지, 유진은 허락이 떨어지자마자 한 치의 망설임도 없이 책을 몇 권 뽑아 들고는, 위로 도로 올라갔다. 너도밤나무로 만든 목재 계단에 체중이 실려 삐걱거리는 소리가 울렸다. 발소리. 문이 열렸다가 닫히는 소리가 점층적으로 작아지더니 이내 바깥의 소음에 묻혔다. 아까부터 기척 없이 내리기 시작한 눈이 열린 현관을 멋대로 넘나들었다.

의미의 시대였다. 이 시대가 언제부터 막을 열었는지는 짐작하기 어려웠다. 어쩌면 문명이 탄생했을 때부터 인간은 자연 그대로의 것이든 인위적인 것이든, 형체가 있든 없든, 무엇 하나 허투루 지나치지 않고 의미를 삽입하려고 노력했을 것이다. 특정한 생성의 목적과 가치가 있다고 믿으며, 자신들의 행동에 큰 의미가 있기를 바란다. 웬디가 보기에 그들은, 이성에 기반한 계획과 직감과 연결된 우연이 언젠가는 *허무해진다*는 사실을 견디지 못하는 것 같았다. 순순히 굴복하지 않겠다는 저항이 바로 학문이었고, 뇌의 어떤 영역을 사용하여 의미를 탐구하는지에 따라 학문의 항목이 또 나뉘었다. 문학. 철학. 과학. 수학. 미학. 동시에 여러 학문을 통달하는 이는 굉장히 드물었지만, 그래도 번뇌의 공간에 한 번 들어선 사람들은 얕게라도 존재를 다방면으로 접근하려는 시도를 보였다. 하지만 천재도 닿지 못한 의미의 늪 밑바닥에 도달하기 위해 허우적거리다 보면, 우유에 버터가 생겨나는 것처럼 어떤 응고물이 생겨나게 되는데, 체념이 두려운 몇몇은 결국 영원의 마라톤을 포기하고 여기에 천착하게 된다. 가진 거라곤 점성과 불안정한 믿음뿐인 응고물에. 웬디의 입장에서는, 불행하게도, 헤이즐도 여기에 속했다.

웬디는 헤이즐이 한때 저명한 문학 교수였다고, 바스락거리는 감색 포장지의 초록 리본을 풀어 내용물을 선보이는 것처럼 털어놓았을 때, 그다지 놀라지 않았다. 누군가의 한때의 직업이 웬디의 일상에 영향을 주는 건 아니었으므로. 적어도 그때까진 관련이 없다고 생각했다. 그랬기에 존경을 가장한 눈빛으로 헤이즐을 바라보았던 것은, 사교를 위한 소소한 임무를 하나 달성하기 위함이었다. 고용인으로서 헤이즐의 자존감을 적절히 충족시켜줘야 하는 암묵적인 의무 이상의 목적은 없었다. 하지만 오판이었다. 헤이즐은 이후 웬디를 본격적으로 귀찮게 했다.

헤이즐은 오래된 명예를 내세워, 웬디를 자꾸만 가르치려고 했다. 웬디가 제대로 된 교육과정을 밟지 못했다는 사실 하나만으로 헤이즐은 웬디를 미취학 아동 취급을 했다. 집안일과 다른 잡무는 분명 웬디가 훨씬 더 능숙한데도.

"나는 네가 더 나은 삶을 살게 해주려고 내 시간을 들이는 거다."

헤이즐은 토씨 하나 틀리지 않고 웬디에게 이렇게 말했다.

"그 예쁜 얼굴 낭비하는 것보다는 뭐라도 한 자

더 아는 게 너한테 훨씬 도움이 되지 않겠니. 언젠가 나에게 고마워 할 날이 오겠지."

그날 분명 웬디가 기껍게 죽음에 다가서는 광경을 목격했음에도.

무수한 계몽의 시도가 마냥 호의적으로 받아들여지지 못하는 이유를 웬디는 헤이즐을 통해서 배울 수 있었다. 그들은 은연중에 상하 관계를 구축하며, 자신들의 형성되다 만 응고물을 점찍은 대상의 피부 위에 덕지덕지 바르려고 한다. 진정한 변화를 바라는 것이 아니라, 그런 식으로 자신이 들인 정성과 수고의 생명선을 연장시키려고 하는 것이다. 웬디의 위엔 헤이즐의 미련이 흡수되지 않은 채로 계속 덧발렸다. 월트 휘트먼, 윌리엄 칼로스 윌리엄스, 블라디미르 나보코프, 퍼트리샤 하이스미스…. 축적된 작가들의 문장이 헤이즐만의 방식으로 해체당해 본질을 잃어버렸다.

눈이 굵어졌다. 눈발 때문에 공기가 흐릿해질 정도였다. 꽝꽝 언 호수 위로 눈이 두껍게 쌓일 터였다. 그러면 조금 곤란해지는데. 전기가 나가는 것보다 호수에 눈이 높이 쌓이는 게 더 걱정이라면 걱정이었다. 웬디는 피터에게서 벗겨낸 목도리를 자기 목에 두르며 생각했다. 고개를 숙이자 냉기가 코끝과 볼을 찌르르하게 자극했다. 장작이 타닥타닥 타면서 딱, 하고 터졌다. 일렁이는 난색의 플라스마 안에서 벌어지는 소소한 불꽃놀이가 10분 사이 벌써 다섯 번이나 벌어졌다. 얼음 결정은 얼마 안 있어 눅눅한 물기가 되어 매듭진 실에 걸쳐지고 웬디의 옷에 스며들었다. 하지만 웬디는 목도리를 벗지 않았다. 불쏘시개를 들고 검게 타들어가는 장작을 뒤척거리며 기다렸다. 이윽고 눈보라가 무게감 없는 테너의 목소리를 모방하며 산장을 두드릴 때에야, 문이 무겁게 열렸다. 웬디는 느릿하게 눈을 감았다가 떴다. 그러고는 데자를 바라보지도 않고 입을 열었다.

"브뤼겔에 따르면 이카로스가 추락한 때는 봄이었다고 하죠. 농부는 그의 밭을 쟁기질하느라 바다에 빠진 이카로스가 익사하는지도 몰랐고…."[*]

그래도 헤이즐의 가르침이라는 게 아예 쓸모가

없지는 않았다. 문장의 인용은 꽤 유용한 대화 수단이다. 식상한 대화의 문법을 뒤집어 제법 운치 있게 운을 뗄 수 있도록 도와주었다. 평범하지 않은 여운은 짧은 기억이 훗날 썰물에 쓸리지 않는 자갈처럼 머릿속에 작은 무게를 더할 수 있도록 도와준다.

"우리의 문제는 그 봄을 충분히 있음 직하지 않은 일로 그리지 못한다는 데 있다는 거죠. 우리가 기껏 생각해낼 수 있는 거라곤 길들여진 유령뿐이니까….* 데자."

웬디는 실로 오랜만에 데자의 이름을 불렀다.

"나한테 부탁하고 싶은 게 있죠?"

---

* 블라디미르 나보코프, 《창백한 불꽃》의 시 2편 230줄을 변형해 썼다.

12

헤이즐

계획이 곧 성공한다. 곧.

이번 겨울이 중요했다. 이 시기를 놓치면 또 얼마나 기다려야 할지 감을 잡을 수 없었다. 헤이즐은 정말 오래 기다렸고, 이제는 빨리 결과를 내고 싶었다. 얼마나 오랫동안 고대했는지, 누구도 감히 헤아리지 못하리라. 아시아계 여자는 아직 조금 의심스러웠지만, 두고 볼 가치는 있었다.

헤이즐은 거울 앞에 있는 상을 뚫어져라 바라보았다. 5년이 넘도록 물때가 낀 채로 방치되어 있던 거울은 웬디가 온 후로 새것처럼 멀끔해졌다. 흐릿하고 지저분하게만 비치던 상이 거부감이 들 정도로 깨끗하고 명료하게 변한 후로 헤이즐에게는 말 못 할 습관이 하나 생겼다. 하염없이 반전된 자기 얼굴을 바라보기.

화장실을 이용하는 시간 중 6할을 거울을 응시하는 데 쓰면서, 헤이즐은 살갗이 축 늘어진 몸을 쪼글쪼글 주름져가는 손으로 더듬어보았다. 부드럽게 뭉개지며 손가락 사이로 빠져나가는 탄력 없는 살. 꺼끌꺼끌해진 피부. 축복받지 못한 제 신체를 원망하며 굉장히 오랜 세월을 보냈는데, 이제는 이전만큼 자신의 몸에 큰 감흥을 느끼지 못했다. 곧 쓸모 있게 될 육체라는 걸 인식하고 있기 때문이리라. 보잘것없는 몸뚱이도, 헤이즐의 영혼을 오롯하게 담지 못했던 이 단백질과 지방, 그 밖의 유기물 덩어리는 제값을 할 기회를 얻을 것이다.

자신이 어떻게 변했을지 제보를 해줄 누군가는 이미 들여놓았다. 헤이즐은 아껴놓았던 옷을 옷장에서 꺼냈다. 한겨울에 입기에는 얇은 감이 없잖아 있었지만, 가장 중요한 순간에 걸치고 싶었다. 유일하게 헤이즐과 잘 어울린다는 칭찬을 들었던 옷이기도 했다. 그 보랏빛이 당신의 피부톤을 잘 잡아주는 군. 그 고고학자가 자기 지인이 주최했던 파티로 헤이즐을 데려갔을 때 진보랏빛 원피스를 입은 헤이즐에게 칭찬을 아끼지 않았다. 헤이즐이 큰맘 먹고 과감하게 결제한 드레스라는 걸 알아주듯이.

어차피 이제 어떤 옷이든 헤이즐에게 아까워질 것이다. 헤이즐이 무엇을 걸치든, 사람들은 재단된 천이 아닌 헤이즐만을 바라보게 되리라. 헤이즐은 숄을 걸치면서 전축에 추를 올렸다. 곧 잡음이 조금 낀 음악이 좁은 방 안을 촘촘히 채웠다. '들으면 물속에 가라앉은 느낌을 준다'는 표현 그대로 라장조의 협주곡은 오갈 데 없는 헤이즐의 흥분을 품위 있게 장식해주었다.

헤이즐은 가사 없이 음을 따라갔다. 존재하지 않는 가사들이 무의식에 잠긴 헤이즐의 이정표들을 따라 단어로, 단어에서 단문장으로 떠올라 부유했다. 맥락 없어 보이는 그 문장들이 금세 반짝반짝 작은 별, 아름답게 비치네, 라는 오래된 동요로 바뀌는 데엔 시간이 오래 걸리지 않았다. 날카로운 비명이 녹음된 음계 사이에 끼어들기까지도.

환청이 아니었다.

비명은 음표가 되어 전축의 음계에 걸리지 못했다. 전축은 아무 일도 없었다는 것처럼 평화를 계속 연주했다. 하지만 헤이즐은 오랫동안 반복되어 온 이 음악이 제 인생의 대목을 장식할 전주곡으로 둔갑하지 못할 위기에 처했음을 직감했다. 분명 흑인 여자, 혹은 흑인 여자의 껍질을 뒤집어쓴 것의 방에서 터져 나온 소리다.. 헤이즐은 거칠게 제 방에서 튀어나왔다. 그러고는 계단을 허겁지겁 뛰어 올라갔다. 평균보다 높게 계단이 설계되긴 했지만, 한 번에 두 단을 밟는 것쯤이야 헤이즐에겐 일도 아니었다. 쿵, 삐걱, 쿵. 방문이 반쯤 열려 있었기에 쥐를 사냥하는 부엉이처럼 조심스럽게 상황 파악을 할 수도 있었겠지만, 다급한 헤이즐에겐 그럴 만한 심적 여유가 없었다.

"아, 아아. 아아."

헤이즐은 앓는 소리를 냈다.

"이렇게…."

데자는 그런 헤이즐을 멀거니 바라보았다. 눈동

자가 헤이즐이 있는 방향을 향해 똑바로 고정되어 있었다고 하는 게 더 정확하겠다.

데자의 상체는 작은 원목 탁자에 고꾸라져 있었고, 팔은 허공에 축 늘어져 대롱거렸다. 왼팔만. 오른팔은 머리가 이리저리 데굴데굴 구르지 않게 받치며 필기구를 쥔 모양새로 손가락이 오므려져 있었다. 그랬다. 데자의 전신은 제자리에 온전히 붙어 있지 않았다. 일부가 쪼개져 있었다. 그것만큼 적합한 표현이 없었다. 단단한 광물이 물리적인 충격을 통해 금이 간 것처럼, 검은 피부 조직은 일반적인 사람 피부라면 보일 수 없는 직물 특유의 거친 질감으로 갈라진 상태였다. 반짝이는 단면을 드러내면서. 단면은 미약한 장작불을 반사하면서도 찬란하게 빛나고 있었다.

몸이 다이아몬드로 변하기라도 한 것처럼.

피부도 썩으면서 반점이 생기는 대신, 안쪽의 빛에 전염되듯 천천히 투명해지고 색이 채워져 갔다. 물감이 시시각각으로 물의 입자를 타고 번지는 것 같았다. 부서진 경계면마다 보석 가루가 투둑 떨어졌다. 헤이즐은 바로 데자에게 달려가 그를 붙잡고 단면을 손가락으로 더듬어 훑어보고 싶다는 본능적인 충동이 척추를 타고 흘렀다. 헤이즐은 파르르, 몸을 떨었다. 보통의 상식으로는 이해할 수 없는 광경이었다. 겨우 보석처럼 굳어가는 시신에서 눈을 떼고 방 한가운데에 멍청하게 주저앉아 입만 뻐끔거리는 아시아계 여자를 돌아보았다. 유진은 충격에 휩싸여 있었다. 적어도 겉으로 보기에는 그랬다. 멀쩡한 언어가 되지 못한 유음만 흘리며, 숨을 간헐적으로 들이마시며 괴로워했다. 하지만 헤이즐은 그 반응을 완전히 신뢰하진 않았다. 유진의 한 손에는 핸드폰이 쥐여 있었는데, 헤이즐은 방에 들어오기 전 짧은 셔터음을 들었다.

"제, 제가 여기 들어왔는데, 돌연 저, 저렇게⋯."

"진정. 진정해요. 일단 일어나요!"

헤이즐이 다그치면서 유진의 상완을 붙들었다. 유진은 비틀거리면서도 얌전히 헤이즐의 부축을 받는 듯했지만 제 두 다리로 버티고 일어나자마자 헤이즐을 밀쳤다. 그 자그마한 덩치로 민다고 헤이즐이 밀리진 않았지만, 유진은 뒷걸음질로 헤이즐과 거리를 두었다.

"당신…."

분명 다른 말이 뒤에 덧붙었는데, 아기 옹알이처럼 뭉개져 알아들을 수가 없었다. 그리고 유진은 들고 있던 스마트폰에 손아귀 힘을 더 주더니, 비명도 신음도 아닌 것을 내지르며 도망쳤다.

13

유진

    유진은 자기 방에 도망치듯 들어가자마자 문에 등을 기대 천천히 미끄러져 주저앉았다. 속이 울렁거렸다. 토할 것 같았다. 조금 뒤에야 유진은 자신이 줄곧 숨을 참고 있었다는 사실을 깨달았다. 데자의 옆에서 공기를 들이마시면, 정체 모를 바이러스에 감염되기라도 한 것처럼. 버릇처럼 머리카락을 쥐어뜯으며, 유진은 자신이 목격한 것을 어떻게든 현실적으로 속아내려고 애썼다. 예능 프로그램의 몰래카메라. 어디선가 제작진과 관객들이 유진을 지켜보며 웃고 있을지도 몰랐다. 하지만 이런 상황은 웃음

을 유발하기 위해서 계획되었다고 하기엔 충분히 재
밌지도 않았던 데다가, 데자의 시신은, 그 정교하고
섬세한 조형물은 일회성으로 사용하기엔 지나치게
아름다운 수작이었다. 백만 관객을 노리는 영화사
에서 특수 제작한 인형이라고 해도 의심 없이 납득
이 가능할 정도였다. 희미한 장작불에 반사되며 보
석처럼 찬란하게 반짝이던 절단된 신체의 단면들.
정정해야 했다.

그건 분명 보석이었다.

데자의 육체는 다듬어지지 않은 채 쪼개진 원석
그 자체로 변해 있었다. 그리고 그 눈. 감기지 않은
눈꺼풀 속에 들어찬 한 쌍의 눈은 흔히 죽은 사람이
그렇듯 까뒤집혀 흰자를 내보이지 않았고, 생전 그
대로의 힘을 가지고 정면을 응시하고 있었다. 그 눈
동자도 경화되었을까? 죽은 게 맞나? 섣불리 판단
한 게 아닐까? 이런 일이 어떻게 가능하지? 이로 잘
근거리던 입술에서 피가 났다.

분명 반나절 전까지만 해도 멀쩡했던 데자였다.

유진은 억지로 기억을 쥐어짜내며, 데자가 넌지시 흘렸을지도 모르는, 혹은 데자의 운명을 점찍은 자연이 내비친 불운의 징후를 짚어보려 애썼다. 난롯불이 거의 꺼져가 실내는 점점 계절의 온도에 맞춰지고 있는데도 목뒤는 식은땀으로 절여졌다. 이제 머릿속을 맴도는 건 비상식적인 가정뿐이었다. 바이러스, 외계인, 인체 실험. 퍼뜩 식료품 주인이 유진에게 던졌던 경고가 떠올랐다. 그러고 보니 헤이즐이 데자와 유진을 목격했을 때, 공포에 질린 얼굴을 하는 대신, 희미한 실망감이 어렸던 듯도 했다. 유진이 과대망상을 하는 것이라기엔, 예전의 유진이 그런 표정을 너무도 많이 접했기에 착각하려야 착각할 수가 없었다. 그렇다면 뭐에 대한 실망감일까. 답은 하나밖에 나오지 않았다. 이 산장에 무엇인가가 있다. 주인 남자의 말대로, 헤이즐은 경계해야만 하는 존재였던 것이다.

하지만 헤이즐과 데자에 대한 공포보다도, 유진을 더 괴롭히는 것은 따로 있었다. 자신이 비인도적인 짓을 저질렀다는 사실이 유진을 견딜 수 없게 했다.

유진은 데자의 시신을 목격하자마자 도움을 요청

하거나 침착하게 인간으로서의 도리를 다하려고 노력하는 대신, 주머니를 더듬어 스마트폰을 꺼내 들었다. 그리고 사진을 찍었다…. 덜덜 떨리는 엄지로 촬영 버튼을 몇 번이나 눌렀는지 모르겠다. 죄책감이 들었으나 멈추진 못했다. 이거 진짜 대박 사건이잖아. 몇 분 전의 자신이 속으로 그런 천박한 생각을 했다는 사실을 도무지 인정할 수가 없었다. 그러나 유진은 분명 자신의 인생을 바꿔줄 사건을 건졌다는 안도감을 느꼈고, 그 감각은 유진의 양심 언저리에 남아 바늘처럼 아프게 찔러댔다. 헤이즐 언더우드는 분명 사진을 찍어대는 유진을 봤을 거였다. 웃기는 여자라고 여기겠지. 자기와 같은 동류라고 생각할지도.

유진은 두개골이 깨질 것 같은 두통을 느끼며 핸드폰의 사진첩을 열었다. 인간성을 버리고 얻은 역전의 기회가 얼마나 가치 있는지, 복잡한 감정을 삼키면서도 다시금 확인하고 싶었다. 하지만 곧 유진의 눈이 튀어나올 것처럼 커졌다.

데자가 찍히지 않았다.

정확히는, 데자를 찍은 사진들은 남아 있었지만, 데자의 시신이 있던 자리에 데자가 없었다. 만화경 같은 화려한 노이즈만 데자의 윤곽을 따라서 잔뜩 찍혀 있었다. 배터리 부족으로 밝기가 자동으로 낮아진 액정 속 빛무리는 점점 더 넓어지고 있었다. 유진 자신도 모르게 영상을 촬영한 건지 혼란스러웠지만, 분명 사진이었다. 사진 자체가 변화하고 있었다. 유진은 불에 덴 것처럼 화들짝 놀라며 오색의 데이터 무늬들이 화면을 완전히 뒤덮기 전, 손톱으로 버튼을 눌러 앨범 애플리케이션에서 빠져나왔다. 정적. 느릿느릿 허탈한 웃음이 걸쳐졌다. 핸드폰이 유진의 손에서 빠져나가 바닥에 떨어졌다. 결국 참고 참았던 눈물이 으스러진 신음과 함께 뽑혀 나왔다. 지독하게 긴 악몽을 꾸는 것 같았다.

이제. 유진은 덜덜 떨면서도 생각했다. 이제 어떻게 하지. 감당하기 어려운 이상 현상들을 제쳐두고서라도, 여기서 빠져나갈 방법을 떠올려봐야만 했다. 헤이즐이 어째서인지 유진을 가만히 내버려두는 것인지 알 수는 없지만, 계속 여기에 머물다가는 데자와 같은 꼴이 나거나, 정신이 나가버릴지도 몰랐다. 유진은 눈을 감으며 자기 암시를 걸었다. 이건 자각몽이다. 탈출해야지 깰 수 있는 꿈. 최악을 가정하지 말자. 탈출하면 깰 수 있는 거야. 상황이 지나치게 비현실적이면 목숨이 경각에 달렸다는 사실을 부정하기가 훨씬 쉬워진다. 유진은 허상의 용기를 얻어 악몽에서 깰 방법을 모색했다. 그래, 유진. 비록 쫓기듯 여기까지 오기는 했지만, 수많은 위기와 수모를 겪어왔었잖아. 직장 동료와 대놓고 싸운 적도 있었고, 대선 토론에서 특정 후보자에게서 대놓고 인신공격을 당한 적도 있었지. 심지어는 놀이공원에서 타고 있던 관람차가 정전으로 멈춰 아슬아슬한 높이에서 클라이밍하듯 내려와야 했던 적도 있었지. 지금은 비록 목숨을 걸어야 하는 데다가 잡히면 시체도 보존하기 어려울지도 모른다는 불확실성이 추가됐지만, 줄 풀린 꼭두각시처럼 멍하니 끝을 기다리는 건 유진 멕바인답지 않은 것이야. 유진은 천천히 심호흡을 했다.

앞으로 5분이 남았다고 가정해보자. 헤이즐이 전기충격기나 쇠사슬, 도끼 같은 무기를 들고, 마스터

키를 이용해 문을 따 유진을 끌고 가기 전까지의 5분. 답은 하나였다. 탈출을 해야 한다. 유진은 힘없이 늘어져 있던 등과 복부에 힘을 주고 상체를 움직여, 최대한 부스럭거리는 소리를 줄이며 문에 귀를 지그시 눌러 대보았다. 정적이 일었다. 의아스럽게 여기던 찰나, 유진은 소름이 돋아 또 비명을 내지르려는 것을 참아야 했다. 한 뼘의 문 두께 사이로 헤이즐도 자신과 똑같이 행동하고 있을지도 몰랐다. 문에 귀를 대고, 방 안의 소리를 들으며 유진이 무얼 하고 있는지 추측하며 유진을 어떻게 처리할지 고민하면서.

"하늘에 계신 우리 아버지, 이름이 거룩히 여김을 받으시오며."

유진은 과장되게 겁에 질린 목소리로 주기도문을 읊기 시작했다.

"나라에 임하옵시며. 뜻이 하늘에서 임한 것 같이 땅에서도⋯."

독실한 기독교인은 아니었지만, 유진은 목숨이 경각에 달하거나 진창에 구를 위기에 처했을 때, 신을 부르짖으며 답을 찾으려고 하는 사람들을 많이 봐왔다. 유진은 구절마다 감정이 격해진 것처럼 목소리가 안으로 삼키는 것을 잊지 않으며, 얼른 자신의 배낭 안에 중요한 물건부터 챙겨 넣었다. 노트북. 충전기. 너무 많이 넣어선 안 된다. 여기서 민간인이 사는 마을까지 못해도 1시간은 가야 도착할 수 있었다. 비록 사방이 보이지 않는 눈 덮인 산속을 헤매야 한다는 큰 위험이 있었지만, 속수무책으로 당해 비참한 꼴이 되는 것보다는 훨씬 나은 선택지였다. 데자의 시신을 두고 가는 것은 미안했지만, 경찰에 신고하면 다 해결될 일이었다. 능력 밖의 일까지 감당하려고 하면 안 되는 법이다.

유진은 책갈피로 쓰던 만년필을 책에서 빼내다가 멈칫했다. 하얀 표지에 검은색 활자로 제목만 큼직하게 박혀 있는 책의 표지가 뒤편에서 타닥 소리를 내며 죽어가는 불꽃과 맞물렸다. 주기도문이 잠깐 꼬였다. 유진은 지퍼를 잠그고 파카를 입으며 더듬었다. 아, 아멘. 그러고는 흐느끼는 척. 그러자 문 너머에서 발소리가 들렸다. 유진의 추측이 맞았던 것이다.

그럼 이제 한 가지 문제가 남는다. 문을 열어 계단을 타고 안전하게 도망칠 것이냐, 창문 너머로 뛰어내릴 것이냐. 정면 돌파를 하게 된다면 헤이즐과의 몸싸움이 불가피할 터였고, 체구가 작은 유진이 훨씬 불리할 것이다. 거기다 유진은 무기로 쓸 만한 마땅한 도구도 없었다. 일상용품을 흉기나 둔기로 쓸 깜냥은 직업군인이나 전직 특수 요원 정도 되어야 가질 수 있었고, 유진은 미디어와 현실을 구분할 수 있는 분별력은 가지고 있었다.

유진은 걸쇠를 풀어 창문을 열었다. 다행히 초저녁에 주변을 집어삼킬 듯 불어 닥치던 바람은 많이 잦아든 상태였다. 구름이 잔뜩 껴 있었지만, 1층에서 새어 나오는 불빛이 주변을 밝혀주었다. 그래도 눈사람의 허리가 봉긋하게 드러난 걸로 봐서, 체력만 받쳐준다면 충분히 눈을 푹푹 밟으며 도망칠 수 있었다. 유진은 이불 두 장을 신중하게 찢었다. 두께감 있는 이불들은 매듭을 지을 때 그만큼 부피가 소모되어 길이가 짧아지니, 조금이라도 낭비를 줄이는 게 좋았다. 유진은 할 수 있는 한 재빠르게 이불을 엮어서 묶은 다음, 'L'자로 꺾인 창문 걸이에 다른 쪽

매듭 고리를 걸었다. 그러고는 구명줄이 되어줄 이불을 붙잡고, 주저 없이 몸을 산장 밖으로 내던졌다.

길이가 조금 부족했지만, 눈이 발목과 꼬리뼈의 충격을 상쇄시켜주었다. 부츠 안쪽이 조금 시큰거리기는 했지만 자잘한 부상을 따질 여유는 없었다. 산장의 시야각 밖으로 완전히 빠져나가야만 했다. 하지만 뭔가 이상했다. 네모나게 뚫린 건물의 그림자가 아닌, 다른 그림자가 유진에게 드리워져 어른거리고 있었다.

"멕바인 씨."

웬디가 평소와 다르게 조곤조곤하게 속삭였다. 꼭 상냥하게 아이를 어르고 달래는 보모의 목소리를 어설프게 따라 하는 것 같았다. 유진은 일어날 수가 없었다. 웬디가 오른손에 쥐고 있는 망치, 왼손에 쥐고 있는 말뚝 때문만은 아니었다. 회색 목도리. 눈사람에게 별다른 뜻 없이, 장식의 관습에 따라 걸쳐준 목도리를 이젠 웬디가 두르고 있었다. 웬디의 눈에 드리워진 기묘한 광채가 유진을 관통했다.

"가지 마세요."

14

웬디

젊고 순진한 왕이 있었다.

그는 비옥한 땅에서 태어나 왕관을 물려받았지만, 오롯이 혼자 통치를 하여 백년의 태평성대를 이어온 나라를 다스리기엔 부족한 점이 많았다. 그리하여 대신들의 조언을 받았는데, 특히 세 명의 측근을 특히 신뢰하였다.

그러던 어느 날, 국가의 평화가 깨질 위기가 닥쳤다. 바위에 떨어지는 낙숫물과 같은 위기였다. 변두리 지방의 이방인들이 하나둘 왕의 나라로 이주해오기 시작한 것이다. 이방인을 반기는 국민도 있었으나, 불편해하는 이들도 적지 않았다. 왕은 이방인을 받아들여야 할지, 쫓아내야 할지 고심하다가 신하들에게 물었다. 첫 번째 대신이 말했다.

"폐하, 그들을 환영하소서. 그들을 받아들임으로써 우리의 관대함을 보여주어 다른 나라들의 존경을 사게 합시다. 다만 그들을 포용하되 그들의 문화를 우리의 것으로 스며들게 하소서. 그들의 지혜를 우리의 지혜로 탈바꿈시키소서. 아주 잠깐은 소유 분배의 문제가 생길 수가 있으나, 장기적으로 이뤄지는 화합은 국가의 부흥을 가지고 올 것입니다."

그러자 두 번째 대신이 말했다.

"폐하, 그들을 추방하소서. 이방인은 영리합니다. 저들은 우리와 섞여드는 척할 테지만 언젠가는 우리를 배반할 것입니다. 저들은 우리의 생활을 받아들이는 대신 외래의 문화를 퍼뜨려 국민을 혼란스럽게 만들 것입니다. 국가의 뿌리는 뒤흔들릴 것이며, 오랜 시간 이 땅의 주인이었던 폐하의 입지가 흔들릴 것입니다. 저들을 절대 받아주지 마소서. 낙인을 찍어 다시는 여기에 발을 들이지 못하게 하소서."

왕은 세 번째 대신을 바라보았다. 세 번째 대신은

언제나처럼 양손을 겹쳐 이마에 올리고, 절을 하듯 긴 소매로 얼굴을 가리며 왕에게 말했다.

"폐하, 이방인들에게 금은보화를 삼키게 하소서. 금은보화로 속일 수 있는 모조품이어도 좋습니다. 그리고 공공연하게 소문을 내소서. '낯선 땅에서 온 자들의 배를 가르면 보물이 나온다.' 이후 저희가 할 일은 기다리는 것뿐입니다. 이방인과 직접 살게 될 백성들에게 선택을 맡기소서."

왕은 세 번째 대신의 답을 골랐다. 그리하여 왕의 영역에 들어온 모든 이방인은 어느 날 새벽 보석 조각을 닮은 돌멩이를 삼키게 되었고, 같은 날 아침, 소문이 파다하게 퍼졌다. 이윽고 왕이 있는 궁으로 수없이 많은 이야기가 흘러들어왔다. 북쪽과 서쪽에서는 이방인들의 배가 갈랐다고 했다. 동쪽에서는 백성들이 수치를 잊고 이방인이 배변하는 모습을 지켜보며 변을 맨손으로 휘저었다고 한다. 남쪽에서는 소문을 들어도 듣지 못한 체를 하며 어제와 같은 날을 보내고 있다고 하였다. 성이 난 왕이 외쳤다. 여기서 어떤 소문을 믿어야 한단 말인가. 그러자 세 번째 대신이 답했다….

"그래서…."

유진이 이를 악물며 쉿소리를 냈다.

"이런 얘기를 하는 저의가 뭐죠?"

웬디는 곰을 사냥할 줄은 알았지만, 사람을 진정시키는 법은 잘 몰랐다. 총을 쏘거나 급소를 공격하면 바로 즉사할 테지만, 진정은 살아 있는 상태로 진행되어야 한다. 저항하는 상대가 다치지 않게 다루는 것만큼 까다로운 작업도 없었다. 뭐든 앗아가는 것보다 유지하는 게 더 어렵다. 다행스럽게도 웬디를 마주한 즉시 유진이 혼절해버려 걱정했던 일은 벌어지지 않았다. 웬디는 쓸데없는 상처를 내지 않고 안전하게 유진의 손목과 발목에 족쇄를 채울 수 있었다. 그리고 지금, 웬디는 유진의 맞은편에 앉아 작은 일기장에 쓰인 이야기를 부드럽게 읽어주고 있었다. 잠시 기절했다 깨어난 주제에 다시 각오를 다진 건지, 유진은 궁지에 몰린 생쥐 같은 태도를 싹 바꿔 웬디를 노려보았다. 헤이즐이 없는 사이 훨씬 만만해 보이는 웬디를 공략해보려는 의도가 빤히 보였지만, 웬디는 미소만 살짝 지어 보였다.

"결말을 예상해볼 수 있겠어요?"

"그게 도대체 무슨 이야기인데요? 직접 지어낸 이야기인가요?"

"아뇨, 최근에 셰익스피어의 《템페스트》 원고에서 해독한 암호를 따라 찾아낸 단편 소설이에요. 아직 학계와 언론에 발표가 나진 않았어요. 내일 발표할걸요."

"저, 정말요?"

"물론 농담이에요."

어이없이 휘둘린 게 못내 분한지 유진의 얼굴이 일그러졌다. 유진은 인조 가죽으로 만들어진 노트의 다음 장을 가만히 내려다보다가 표지를 덮었다.

"예상해봐요."

"상상력 테스트인가요, 아니면 새로운 유형의 유도 신문인가요?"

"아마도. 조금. 데자와 관련이 있다고 하면 다르게 임해줄 건가요?"

유진의 눈이 흔들렸다.

"그거 데자의 노트 맞죠?"

"누구의 것인지 말해줄 순 없어요."

"거기에 제 답변이 달려 있다고 한다면요."

웬디는 잠깐 고민하는 척을 하다가 순순히 대답했다.

"노트는 데자의 것이지만, 이야기는 데자의 것이라고 하기 어려워요. 누군가의 이야기를 필사했거나, 받아 적은 걸 수도 있으니까."

"그냥 알아서 생각하라는 거군요."

"곧 헤이즐이 올 거예요. 그럼 나는 끼어들 수가 없어요. 사실 당신에게 진짜 묻고 싶었던 건 저 이야기에 대한 당신의 의견 따위가 아니에요…. 데자와 무슨 이야기를 했어요? 요 며칠 굉장히 친하게 지내는 것 같아서요."

"아…."

유진이 돌연 애처롭게 표정을 바꾸었다.

"나는 나보다 예쁜 여자는 취향이 아니에요, 웬디 씨."

갑작스럽게 뜬구름 잡는 소리를 왜 하나 했더니, 유진의 시선이 웬디가 두른 목도리에 꽂혀 있었다. 깜빡하고 풀지 않은 걸, 웬디가 유진에게 성애적인 관심이 있어서 가지고 있는 거라 여긴 모양이었다. 이 사달도 질투 때문에 벌인 일이라고 여기는 걸까.

웬디의 입술 끝이 뒤틀렸다.

"저도 임자 있는 사람은 건드리지 않아요, 멕바인 씨. 당장 당신 약지에 끼워진 반지만 봐도 애인이 있다는 걸 알 수 있는데. 그런 당신의 장단에 맞춰준 데자도 참⋯."

"그냥 인간적인 호감이었어요! 어떠한 사심도 없었다고요! 겨우 견제를 하겠다고 저를 이렇게 묶어둔 건가요? 그것보다도 데자 씨가 주, 죽었⋯."

"죽었죠. 맞아요. 당신 때문에."

"아뇨, 아뇨, 아뇨."

'아니'라는 세 번의 부정이 한 세트로 묶여 네 번이나 더 반복됐다.

"제가 안 죽였어요. 제가 아니라고요. 물론 오해를 살 법한 상황이긴 했어요. 제가 데자의 방 한가운데에 있었고, 데자가 그렇게, 굳어서는, 한순간에⋯."

조금 짜증이 난 웬디는 유진의 입을 틀어막았다. 유진이 조금 잠잠해진 뒤에야 웬디는 천천히 손을 뗐다. 눅눅하게 침이 묻은 손바닥이 불쾌했다. 웬디는 그대로 자세를 낮춰 쭈그려 앉고는, 유진을 올려다보았다.

"나는 알아요, 당신이 죽인 거예요. 왜냐하면 데자는 유령이니까. 그리고 나는 데자의 동족이니까. 다중우주의 유령. '시간여행자, 차원이동자, 다차원 동시 경험자….'"

유진은 웬디가 원했던 반응을 그대로 보였다. 만족스러워진 웬디는 눈매를 접어 미소를 선보이고는, 유진의 낯빛이 점점 새파랗게 물들어가는 것을 감상했다.

"맞아요, 내가 당신에게 메일을 보냈어요, 유진 맥바인 씨."

15

헤이즐

헤이즐이 첫 번째 '그것'을 발견한 건 삼촌이 죽고 딱 1년이 지난 날이었다.

그때를 기점으로 가족들은 뿔뿔이 흩어졌다. 헤이즐은 탄광촌에 끝까지 남은 가족 구성원 중 한 명에 속했는데, 삼촌의 장례가 제대로 치러지지 못한 것에 대한 나름의 애도였다. 삼촌을 도로 살려낼 수는 없었지만, 거기에 남아 삼촌과의 추억을 장소마다 되짚으며 회상했다. 죽은 자의 영혼은 천국이나 지옥에 간다지만, 어느 나라에서는 기억이 영혼의 존속과 연관되어 있다는 이야기를 어설프게 접한 뒤로는 차마 이곳을 떠날 수가 없었다. 아버지, 훗날 광부라는 노역에서 벗어나 다른 직업으로 자수성가 한 아버지는 동생의 실질적인 무덤 근처에 남는 것을 괴로워했지만, 헤이즐의 뜻을 존중해서인지, 아니면 이 고난을 참고 견디다 보면 그에 상응하는 보상을 얻을 수 있으리라 여긴 것인지, 회사가 사업 중단을 선언하며 철수하겠다고 하던 마지막 날까지 훼손된 산에 남았다. 저축한 돈이 있을 리 없는 해고된 일꾼들에게 잠시나마 추스를 시간을 주었으면 좋았겠지만, 회사가 통보한 시간은 고작 사흘이었다. 사흘. 하루가 아니라 그나마 다행이었다. 광산촌을 떠나야 하는 그 마지막 날 밤, 헤이즐은 그것과 조우할 수 있었으니까.

잠이 오지 않는 밤이었다. 유달리 잠이 많은 아이가 제시간에 꿈나라로 가지 못하는 밤은 항상 어떤 사건의 전조가 된다. 헤이즐은 현실의 진부한 클리셰에 대해 배운 적이 없었다. 하지만 이 불면의 신호를 무시하고 억지로 잠을 청한다면, 혹은 그 상태로 침대에만 누워 밤을 꼴딱 새운다면 허무의 유령이 자신을 이 긴긴밤의 과거로 끌고 후회로 훈계하리라는 사실을 어렴풋이 감지했다. 그래서 헤이즐은 일어났다. 썩어가는 나무판자가 헤이즐이 걸을 때마다 부모님에게 경고음을 날렸지만 부모님은 깨지 않았다. 헤이즐은 발이 이끄는 대로 밖에 나갔다. 손전등을 들고, 퍽퍽하고 건조한 흙을 밟으며 나뭇잎을 반쯤 벌거벗은 숲으로 들어갔다. 잘 보이지 않았지만 익숙한 길이었다. 날카로운 돌멩이와 부러지다 만 나뭇가지들을 실수로 밟으며 발바닥에 상처가 났지만, 헤이즐은 집으로 다시 들어갈 마음이 추호도 없었다. 부름. 서로 다른 극의 자석이 이끌리듯 헤이즐도 인력을 느낄 수 있었다. 그리하여 광산으로 향하는 갈림길에서, 헤이즐은 평생 잊을 수 없는 존재를 맞닥뜨리게 되었다.

'그것'의 형체는 분명 사람이었다. 하지만 회사의 관계자도, 광산촌의 일원도 아니었다. 난생처음 보는 여자가 달빛을 받으며 고개를 치켜들고 있었다. 모양새가 꼭 걸음을 떼려다가 멈춘 것 같았다. 서늘한 공기에서 햇빛을 찾아 그 얄팍한 온기를 느끼려는 어린 짐승처럼. 헤이즐은 최대한 가까이 여자에게 다가가고 싶었지만, 실수로라도 고요를 깰까 봐 두려워 숨조차 아꼈다. 여자가 나체라는 사실이 이상하게 느껴지지 않았다. 세간의 속옷 기업들이 바라는 이상적인 비율의 몸매는 아니었지만, 한밤의 숲에서 자연스럽게 맨몸을 드러내고 있는 여자는 동화 속에서나 들었던 숲의 정령 같았다. 여자는 춤을 추듯 까치발을 들었다가 다시 내렸다. 자신이 둥그스름하게 퍼진 손전등의 지름 안에 들어있다는 사실을 자각하지 못한 것 같았다. 그리고 여자는, 그것은, 깊고 긴 한숨을 내쉬었다. 동시에 그것의 전신에 얼음이 뒤덮었다.

헤이즐은 잠깐 날이 너무 추워 사람이 얼 수도 있구나, 라는 터무니없는 생각을 했지만, 다시 보니 아니었다. 투명해진 표면 안쪽에 내장 대신 자리 잡은 건 프랙탈의 결정이 아니었다. 수없이 굴절되며 자아내진, 불규칙적인 빛의 도형들. 전문가의 손길을 거쳐 커팅되지 않은 날것의 아름다움은 헤이즐을 뒤흔들었다. 이름 붙여지지 않은 감정을 설탕으로 코팅한 충격적인 환희는 달콤하게 헤이즐의 목구멍에 삼켜져 체내에 퍼졌다.

다음 날 어른들을 데리고 그것이 있던 자리로 가

보았지만, 무더기의 보석은커녕 반짝이는 가루조차 없었다. 보석이 쌓인 자리에는 검은 흙덩이만 타다 남은 재처럼 흩어져 있었다. 여길 떠나기 어렵다는 건 알지만, 어머니가 헤이즐을 달랬다, 더 좋은 곳으로 가면 네 삼촌이 행복해하실 거야. 헤이즐은 입을 다물었다. 그리고 까맣게 부식된 보석 더미 속에서 자신이 무얼 주웠는지 말하지 않기로 다짐했다. 마지막까지 형체를 유지하고 있던 그것의 심장 속에서 꺼내든 마지막 생명의 증표를.

대학을 준비하기엔 늦은 나이였지만, 웨스트 버지니아로 이사를 한 후 헤이즐은 일과 학문을 열심히 병행해 결국 입학 허가서를 받게 되었다. '그것'을 과학적으로 접근하겠다는 발상을 안 한 건 아니었다. 헤이즐은 틈틈이 대중과학서를 찾아 읽고, 논문 게시 사이트에 가입해 비싼 돈을 내며 다운받아 보고, 뉴스를 찾아보는 등 조사를 게을리하지 않았다. 나름 논리적인 추리도 해보았다. 헤이즐은 '그것'의 정체를 지구상에 존재하는 기이한 생명체와 연관 짓는 연상법을 써보기도 했다.

헤이즐이 세운 여러 가설 중 몇 가지는 이렇다.

첫째, 포자나 지의류에 의한 감염. 숲속에서 버섯의 포자가 날아다니다가 인간의 몸에 붙어 알 수 없는 DNA 교란을 일으켜 인간의 몸에 이변을 일으켰다. 하지만 이게 사실이라면, 근처에 가까이 있었던 사람들이나 '그것'의 잔해를 헤집었던 헤이즐도 감염되었어야 할 터였다. 아무리 기다려도, 헤이즐의 몸은 경화될 징후를 보이지 않았다. 둘째, 기생충 감염. 하지만 숙주를 흉측하게 좀먹거나 비참한 최후를 맞이하게만 하는 기생 생물은 많이 봤어도, '그것'처럼 숙주를 아름답게 변모시켜주는 사례는 아직 찾지 못했다. 더군다나 그 현상은 분명 생물 단위의 개체가 할 수 없는 일이었다. 기생 생물이 바이러스 등을 퍼뜨린다고 하면 첫 번째 가설로 돌아가게 된다. 헤이즐이 민간인의 신분으로 추측할 수 있는 범위에는 분명한 한계가 있었다. 생물과 관련 분야를 전공하면 인터넷이나 서적으로 접근할 수 있는 것보다 훨씬 질 좋고 많은 정보를 접할 수도 있었을지도 몰랐다. 사실 당시의 기현상에 영감을 받은 건 헤이즐뿐만이 아니었다. 헤일로 사건은 수많은 영재를 과학 분야로 끌어들였다. 헤이즐처럼 '그것'을 목격했는지는 알 수 없었지만, 인류가 우주로 나아갈 가능성이 열린 시대인만큼 기현상의 메시지를 해독하려고 했다. 하지만 당시엔 헤이즐의 욕망이 아직 설익을 때이기도 했고, 헤이즐은 그것의 정체를 본격적으로 해부해 살펴보기보다는, '그것'의 마지막, 헤이즐이 영영 빠져나오지 못한, 평생에 걸쳐 잡기 위해 헤맬 이상의 표본을 활자라는 영원 속에 박제할 방법을 찾고 싶었다. 그랬기에 헤이즐은 심장의 보석을 과학 기관에 기부하는 대신, 문장을 갈고 닦았다.

하지만 몇십 년이 넘게 흘렀음에도 누구도 헤일로 사건의 진상을 밝히지 못했고, 관심은 차차 시들어갔다. 열의를 그대로 유지하고 있는 이는 소수였다. 시간은 화살과도 같고, 세상엔 다뤄야 할 것들이 너무 많았다.

하지만 헤이즐은 '그것'을 영영 잊지 못했다. 헤이즐의 삶의 모든 것이 짧게 목격했던 그 찰나에 고정되어 있었다. 헤이즐은 심화된 자본주의 속 탄광촌의 비극을 주제로 다룬 소설을 쓰고 명성을 얻게 되었다. 소설엔 '그것'에 대한 직접적인 묘사는 하지 않았지만, 은근한 암시를 흘렸다. '그것'은 숲의 저주를 받은 유령이자 광부의 연인이었고, 끝머리에서는 반딧불이로 흩어져 달빛에 녹아내리는 것으로 이야기는 마무리되었다. 헤이즐은 '그것'과 관계된 누군가가 자기 소설을 읽고, 개인적으로 연락을 줄지도 모른다는 희망을 품었지만, 어떠한 기별도 없었다.

그래도 헤이즐은 포기하지 않았다. 힘든 시기를 겪을 때마다 동물적인 회귀 본능으로 삼촌이 돌아가셨던 그 폐광촌을, 산과 숲을 찾았다. 결국 존이 떠난 직후, 트래킹하러 다니는 산행객과 나무뿐인 숲속에 사비를 털어 별장을 지은 것에 지인들은 의아해했지만 헤이즐에겐 폐광촌 근처의 숲이 다른 어디보다도 안락한 곳이었다. 여름 내내 거기 머물자니 쉼터나 여관으로 착각한 이들이 하나둘 모여들었다. 처음엔 귀찮아서 거부했지만, 숲 한가운데 세워진 집을 평범하게 보지 않는 그 시선들이 나쁘지 않아 그들을 점점 안으로 들이게 되었다. 헤이즐을 중심으로 한 옅은 색채의 괴담이 생겼다. 너머의 마을 주민들이 자신을 두고 수군거릴수록 헤이즐은 자신이 범접할 수 없는, '그것'과 비슷한 경외스러운 존재가 된 느낌을 받았다. 숲속의 마녀, 영매사, 존재하지도 않는 폐광촌의 묘지 지킴이. 헤이즐은 소문 안에 자신을 점차 가두기 시작했다. 그리고 실제로 그렇게 변해갔다. 과학으로 시작했던 추론이 미신의 곁가지로 빠져나갔다.

그리하여 어느 날, 헤이즐의 산장의 카우치에 앉아 불을 쬐고 있던 방문객이 주홍빛 탄성 산란을 은은하게 내뿜으며 '그것'이 되어 무너졌을 때, 헤이즐은 확신을 느꼈다. 자신은 이 불가사의한 존재들과 가장 가까워질 운명을 타고났다고.

"이대로 영영 잠들게 되더라도…."

또 다른 '그것'은 장작불을 쬐며 유언 아닌 유언을 중얼거렸었다.

"나는 꿈속에서 계속 존재할 수 있을 거란 생각이 드네요."

이후 헤이즐은 몇 년간 '그것'에 대한 공통점을 추릴 수 있었다. 첫째, '그것'의 대다수는 '죽을 때'가 되면 이 숲, 혹은 호수 근처로 온다. 어쩌면 이 지역에 헤일로가 떴던 이유와 관련 있을 수도 있다. 둘째, '그것'의 몸은 죽는 순간 경화되고, 보석으로 변

123

한다. 곧 잘게 부서져 빛을 잃어버리지만, 손바닥 위에 놓고 주먹을 쥐어 숨길 수 있을 정도로 작은 심장의 보석은 사라지지 않는다. 이전에 세웠던 과학적 가설은 이제 아무래도 좋았다. 아니, 오히려 헤이즐에겐 하등 쓸모가 없었다. '그것'은 신비의 베일 속에서만 설명될 수 있는 존재인지도 몰랐다. '그것'에게 분류법에 따른 거창한 라틴어 이름이 붙는다면, 오히려 '그것'을 둘러싸고 있던 마법, 혹은 주술적인 힘이 소멸해버릴 수도 있다. 헤이즐은 그게 두려웠다. 헤이즐을 제외한 그 누구도 '그것'을 발견하지 않기를 바랐다.

왜냐하면 이제 헤이즐의 차례여야 하기 때문이다.

16

유진

"메일에서……"

웬디는 유진이 충격으로 경직된 틈을 타 귓가에
얼굴을 붙이고는 작게 무어라 속삭였다. 반사적으
로 웬디를 거부하듯 움츠러들던 유진의 어깨가 천천
히 풀어졌다. 이윽고 웬디가 뒤로 물러나며 눈빛으
로 질문을 물음표가 아닌 온점으로 받아들일 수 있
는지 물었다. 유진은 잠깐 어안이 벙벙해져 멍청하
게 웬디를 바라보다가, 고개를 빼는가 싶더니 머리
로 있는 힘껏 웬디의 코와 부딪혔다. 짧은 신음과 함
께 웬디가 코를 움켜쥐었다. 어쩜 저런 인간은 비명

마저도 저렇게 고상하게 내는지. 그래도 웬디의 코에서 코피가 흐르니 속이 시원했다. 코피를 터뜨렸다고 해서 상황의 주도권이 반전되는 것은 아니었지만.

웬디가 입을 열어 무어라 말하려는데, 감금된 방 혹은 지하실로 추정되는 문이 위에서 열렸다. 은촛대의 촛불이 형성하는 부분적인 명암이 헤이즐의 등장을 한층 위엄 있게 만들었다. 손전등이나 캠핑용 등유가 아닌 은촛대. 유진은 뒤늦게야 지하실의 인테리어가 눈에 들어왔다.

지하실엔 무슨 일이 있어도 들어가지 마세요. 웬디가 했던 경고를 무시하지 않았던 것을 후회했다. 발밑에 이런 장소가 있다는 걸 진즉 알았다면 바로 짐을 싸서 도망칠 수 있었을 텐데.

전등 대신 무수한 양초가 벽에 붙은 촛대에 걸쳐져 어둠을 밝히고 있었다. 촛대가 고정되지 않은 자리엔 빈 액자가 촘촘하게 벽면을 메우고 있었다. 위층과 같은 위치에 배치된 책장에는 표지부터가 낡고 너덜거리는, 그리고 수상쩍은 양장에 금박을 두른 책들이 잔뜩 꽂혀 있었는데, 미스터리 팟캐스터의 짧은 경력으로 유진은 그 책들이 오컬트와 관련된

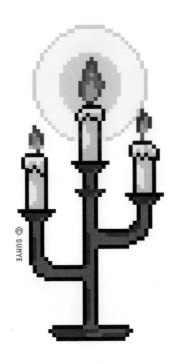

서적임을 금세 알아차렸다. 그 밖에 천장에 달린, 나뭇잎이 꼬여 있는 밧줄과 마른 꽃들, 먼지를 턴 적이 없어 보이는 이상한 문양의 담요, 붉은 방석에 차례차례 전시된 장신구인지 뭔지 모를 물품들이 유진을 섬뜩하게 했다.

유진의 위치에서는 그것들이 뭔지 제대로 관찰하기 어려웠고, 그게 더 공포감을 조장했다. 설상가상으로 지금 헤이즐의 손에 들려 있는 건 분명 앤티크 가게나 박물관에서나 취급할 것 같은 디자인의 단도였다. 이런 젠장. 유진은 자신이 지금 옴짝달싹 못하고 있는 딱딱한 돌 위가 제단이라는 걸 자각했다. 온갖 욕설이 머릿속에서 난무했지만 직접 내뱉지는 않았다. 사냥당하는 쪽은 흥분한 모습을 함부로 보여서는 안 된다. 사냥꾼을 자처하는 쪽에게 묘한 우월감과 자신감을 보태주는 셈이 되니까.

유진은 제단의 상태를 먼저 확인했다. 여기서 살인이 많이 벌어졌다면, 제단에는 어떤 흔적이 남아 있을 것이다. 보통 제물은 제단에서 바로 치워지지 않고 몇 시간 방치되곤 하니 피가 굳어 있다든지, 스며들어 닦이지 않은 붉은 기가 남아 있겠지. 그런데 돌은 변색된 흔적 하나 없이 말끔했다.

"너는 왜 그러고 있니."

"부딪혀서요."

"칠칠치 못하긴."

웬디는 말없이 유진의 목도리로 지혈했다. 꼴좋다고 생각하면서도, 유진은 둘의 대화가 상당히 건조하다는 점에 주목했다. 둘의 사이가 그리 가깝지는 않은 모양이었다. 아까 웬디와의 대화로 이미 증명된 사실을 유진은 재확인할 수 있었다. 웬디는 유진을 통해 헤이즐에게서 무언가를 이끌어내려고 하고 있었다. 헤이즐이 촛대를 조심스럽게 선반 위에 세우고는, 단검을 양손으로 쥐어 모로 누운 유진의 앞까지 바짝 다가왔다.

"나는 너희들이 무엇일지 아주 오랫동안 고민해보았어. 다른 나라에서 이주해 온 요정이나 정령, 괴물들이라고 믿기도 했지. 니뮤에, 무마파두리, 노커, 루살카…. 하지만 그 어느 것도 너희와 똑같지 않았어. 그래서 혼자서 외롭게 기다려야만 했지. 너희가 비주기적으로 이 숲에 올 때를. 그러나 나를 찾아온 너희는 언제나 죽음을 목전에 두고 있었고, 나는 너희의 빛나는 사체를 지켜보는 것 말고는 할 수 있는 게 없었어. 하지만 이젠 아냐. 이젠 내가 원하는 것을 얻을 차례야."

유진은 너희, 가 무엇을 가리키는 것일지 짧게 고민했다. 빛나는 사체라는 말이 바로 데자와 연결이 됐다. 그러면 헤이즐 이전부터 데자 같은 인물, 혹은 존재를 봐왔다는 말이 되는데, 유진도 데자와 같은 부류라고 착각하고 있는 게 분명했다. 유진은 웬디의 메일이 대본이라는 것을 깨달았다. 아까 바짝 붙어서 속삭였던 말, '메일의 내용을 기억하고 있으리라고 믿어요.'의 뜻을 이제야 이해할 수 있었다. 웬디는 유진을 통해, 헤이즐에게서 이끌어내고 싶은 말이 있었다. 왜 많고 많은 사람 중 얄팍한 인연조차 없던 유진을 끌어들인 건진 모르겠지만, 살려면 일단 대본에 충실히 따르는 수밖에 없었다.

"나는 당신에게 원하는 것을 줄 수 없어요."

"아니! 줄 수 있어. 줘야만 해! 그래야 네가 원하는 대로 죽을 수 있게 해줄 거야."

"지금 이 상태로도 나는 죽을 수 있어요."

"숲의 나무에 둘러싸이지 않은, 이 곰팡이 낀 지

하실에서? 네게 죽음의 징후가 보이면, 나는 바로 이곳의 모든 불빛을 끌 거야. 어떠한 빛도 반사 받지 못하고 어두컴컴한 건물 밑에서 초라하게 죽고 싶어?"

헤이즐은 꼭 유진의 근본적인 공포를 파악하고 있는 것처럼 협박했다. 헤이즐의 지금 이 발언은 대본에서 벗어났지만, 유진은 제 언변을 십분 활용해 맥락을 침착하게 이어 나갔다. 웬디의 손에 놀아나는 것 같아 짜증이 났지만, 당장은 살려면 이 방법밖에 없었다.

"제가 그런 걸 무서워할 것 같아요"?"

"오, 그렇게 자존심을 세워봤자 소용없어. 나는 이미 다 파악하고 있으니까. 자그마치 30년이야. 30년! 내가 너희를 알아온 햇수라고! 그런데 모를 것 같아?"

하지만 헤이즐은 예상보다 훨씬 더 만만찮았다. 헤이즐에게는, 이미 어그러진 채로 단단하게 굳은 신념이 있었다. 헤이즐이 데자에 대해서 얼마나 파악하고 있는지는 알 수 없었지만, 헤이즐은 유진에게, 30년 넘게 봐왔다던 무언가에게 진실 이상의 의미를 투영하고 있음을 절절하게 느꼈다. 유진이 데자에게 그랬던 것처럼. 하지만 유진과 다르게 헤이즐은 역할극과 현실을 혼동하고 있었다.

"당신 멋대로 단정 지은 거겠죠!"

"도망치려고 해도 소용없어. 나는 더 이상 기다리지 않을 거야. 난 너희처럼 아름답게 죽을 거야."

"뭐라고요?"

"더 이상 이 초라한 몸뚱이에 갇혀 있지 않을 거야. 나도 빛날 거야. 보석처럼. 그리고 보석보다 아름다운 나를 존이, 내 아들이, 그리고 사람들이 볼 수 있게 할 거야. 그때가 되어서야 그들은 개탄스러워하겠지. 내가 얼마나 아름다웠는지를 수없이 곱씹으며…."

뭔가 단단히 잘못되었다. 웬디가 메일에 써준 예비 대응책은 씨알도 먹히지도 않을 것이다. 저 광기어린 눈빛. 헤이즐에겐 이미 완성된 시나리오가 있었고, 그 시나리오는 이미 인쇄되어 교정할 수도 없이 헤이즐의 안에 스며들었다. 수많은 인간상을 스쳐왔던 유진은 헤이즐이 설득으로는 넘길 수 있는 상대가 아니라는 걸 절감할 수 있었다.

진짜 죽겠구나. 주마등처럼 찰리와 가족들이 머릿속에 스쳐 지나갔다. 여태 참았던 눈물이 스멀스멀 올라왔다. 오기 부리지 말았어야 했는데. 나를 진심으로 걱정하는 사람들을 내치고 나를 증명한답시고 발신인조차 불분명한 메일의 초대를 받아들이지 말았어야 했는데. 그랬으면 지금쯤 따뜻한 집에서 신파 드라마 같은 장면을 연출하며 힘들었던 일을 다 털어놓으며 찰리나 부모님에게 기대고 있을 텐데. 이젠 미안하다고 사과도 못 하는 처지였다. 생존을 위해 어떻게든 발버둥 치고자 했던 각오가 죄책감으로 으스러졌다. 긴장으로 조여져 있던 팔다리의 근육이 점차 체념으로 풀어졌다. 이젠 단검에 찔리면 얼마나 아플지, 그전에 헤이즐이 목숨을 단번에 끊어줄지, 머릿속으로 겪지 않은 고통의 시뮬레이션을 돌리는 데에만 뇌의 공간이 꽉 들어찼다. 헤이즐도 더는 시간을 지체하고 싶지 않은지, 자세를 고치며 단도를 높이 들었다.

하지만 단도는 유진의 심장에 꽂히지 않았다. 웬디의 손이 중간에 단검의 날을 잡은 것이었다. 중력을 따라 단도의 날을 타고 내려와 똑, 똑 떨어진 웬디의 피가 유진의 상아색 니트에 점점이 스며들었다. 완전히 멎지 않은 코피가 웬디의 인중에 맺혔지만, 우습게 느껴지지 않았다. 오히려 탁 풀린 웬디의 눈과 불협화음 같은 조화를 이루어 기이한 분위기를 자아냈다.

17

웬디

웬디의 어머니가 이 세상에 완전히 '길들여졌을'
때, 웬디는 여섯 살이었다.

이리아. 엄마가 짙은 눈그늘을 컨실러로 억지로
가리지 않고 눈웃음 지으며 웬디를 불렀다. 이제 산
다는 게 뭔지 알 것 같아.

이리아는 그 말을 어떻게 해석해야 할지 감이 잡
히지 않았다. 솔직히 말하면 엄마를 기쁘게 한 요인
이 무엇인지 크게 궁금하지도 않았다. 무릇 아이들
이 다 그러듯, 보호자가 불행해 보이면 온갖 이유를
추측하게 되지만 행복해하면 함께 만끽하는 데에만

여념이 없어진다. 이리아의 경우엔 다툼 소리를 듣지 않고 잘 수 있다는 데에서 오는 안도감이 가장 컸지만, 엄마의 감정에 공명하는 것이라고 어린 마음에 착각했다.

이리아가 어머니에게 왜 그렇게 큰 애착을 뒀는지는 아직도 불분명했다. 하지만 어머니의 곁에 있으면 확실히 남다른 평화를 느낄 수 있긴 했다. 어머니는 화장을 지우지도 않고 이리아의 더럽고 작은 침대에 같이 누워 이리아를 쓰다듬어주었다. 이리아는 졸음에 겨워 반쯤 감은 눈으로 어머니의 하관을, 싸구려 목걸이가 걸린 목덜미를 응시했다. 엄마 행복해? 응. 아빠가 오늘은 약 안 하고 돈 제대로 가져왔어? 아냐, 그것보다 더 멋진 일이 있었어. 엄마는 이리아를 꼭 끌어안아 주었다. 묵직한 가슴이 베개처럼 이리아에게 눌렸다. 옅은 담배 냄새가 숨결에 묻어났다. 투정을 부리려는데 문득, 피부 곳곳의 붉은 반점이 눈에 띄었다. 손을 뻗으니 엄마가 이리아의 손을 잡아챘다. 자야지. 그 상태로 엄마는 이리아의 손을 엄마의 볼에 가져가 기댔다. 그리고, 천천히, 굳어갔다. 이리아는 멀거니 수많은 보석층 아래의

뼈를, 그리고 그 뼈마저도 다른 물질로 변모하는 것을 어떠한 반항 없이 지켜보았다. 허공에서 반짝거리며 녹아내리던 엄마의 잔재 속 유일한 유품은 창백한 빛을 발했다. 이리아는 멀거니 작은 보석을 바라보다가 베개 속에 묻었다.

다음 날 아빠의 시체가 발견되었고, 엄마는 수배자가 되었다. 혼이 떠난 남자의 시체는 여자의 것과는 다르게 채도를 잃어가며 썩어가고 있었다. 경찰과 친척이 엄마의 행방을 물었지만, 이리아는 고개만 저었다. 결국 춥고 지저분했지만 누울 자리가 있었던 집을 떠나게 되었을 때, 이리아는 엄마의 보석을 챙기지 않았고, 자기 이름 뒤 아버지의 성도 한구석에 던져두었다.

"우리는 그걸 '길들여졌다'라고 표현해요."

데자가 웬디에게 설명했다.

"'우리'라는 것은 당신이 속한 집단을 말하는 건가요, 아니면 저와 당신을 칭하는 건가요?"

"둘 다요."

데자가 자기 쇄골 아래를 누르며 강조했다.

"우리는 같은 종(種)이에요."

혼자서 스위트룸을 계약하고 정장을 입고 있는 사람이 호텔 종업원과 마주 앉아 할 만한 대사는 아니었다. 데자가 할 얘기가 있다며 웬디를 따로 불렀을 때, 웬디는 익숙하게 하룻밤을 위한 작업이라고 여겼었지만, 데자는 정말 웬디라는 존재 자체를 만나서 반가운 것처럼 행동했다. 꼭 오랫동안 연락이 끊겼다가 다시 만난 친척을 대하는 분위기였다. 무시할 수도 있었지만, 데자가 앞서 언급했던 부분이 신경 쓰였다.

"그러니까, 당신의 말대로라면, 저는 언젠가, 그것도 제가 원치 않는 타이밍에 온몸이 경화되어 죽게 된다는 거군요. 말끔한 인상이셔서 몰랐는데, 현대판 집시이신가요? 미래를 봐준 대가로 뭘 받으시죠?"

"오해할 만한 이야기인 거 알아요. 하지만 원래 '우리'끼리라면 일일이 설명하지 않아도 되지만, 당신은 혼종인 것 같아서요."

"초면에 이런 식으로 모욕을 듣는 건 또 처음이네요."

"모욕하려는 게 아니에요. 정말로요. 당신은 인간의 유전자가 결합되었지만, '우리'의 특성을 물려받은 일족이에요."

"'우리'라는 두리뭉실한 대명사로 지칭하지 말고, 정확한 명사로 말해봐요. 설마 머글에게 직접 말하면 안 된다는 마법 세계의 제약 같은 게 걸린 건 아니죠?"

마법과 관련된 일이었다면, 진즉 당신에게 '오블리비아테'를 외치며 기억을 지웠겠죠. 그렇게 되받아치며, 데자는 자기 노트에서 종이를 한 장 북 뜯고는 여러 갈래로 갈기갈기 찢었다가 한데 뭉쳤다. 종이는 그대로 우그러지며 압축되었다. 데자는 다른 손을 들어 밀가루를 뭉치듯 종이를 꼼꼼하게 눌렀다. 접착제가 발리지 않았기에 서로 들러붙지 못한 종이공의 곳곳이 붕 떠서 일그러진 구체가 만들어졌다.

"이게 지금 우리가 살고 있는 세계라고 칩시다."

"무엇에 대한 비유인가요. 정치적으로, 경제적으로, 사회적으로. 아님 환경적으로?"

"우주적으로요."

데자가 종이를 테이블 위에 올려놓았다. 톡, 건드리니 공이 힘을 얻어 기울어져 구르는가 싶었지만, 다시 제자리에 안착했다.

"물리과학적으로, 라고 얘기해야 할까요. 웬디, 이

공은 몇 개의 면이 맞닿아져 있을까요?"

"세어봐야죠."

"만약 이것보다 종이공이 당신이 일일이 세어볼 수 없을 정도로 크고, 비슷한 것들이 수십, 수백 개 붙어 있다면?"

"그래도 세어볼래요. 세다 보면 언젠가 답이 나오겠죠."

데자가 웃었다.

"하지만 시간이 꽤 많이 걸리겠죠. 이 지구에서의 시간으로 치환하면 천 년이 넘는 세월일 거예요. 웬디 씨, 이 종이공에 존재하는 무수한 면을 차원이라고 간단히 정의해봅시다. 실제로 과학에서 얘기하는 차원과 조금 달라도, 편의상 부르는 거라고 생각해주세요. 자, 우리는 구겨지고 접힌 공의 한 단면 속에서 살고 있습니다. 그렇다면, 이 다른 단면으로 이동하는 게 가능할까요?"

"맞붙은 면끼리는 가능하지 않을까요."

"좋아요. 그렇다면, 맞붙지 않은 면으로는요?"

"붙은 면을 계산해서 노선을 정하고 그대로 따라간다?"

"정확해요. 이 세계는 이 수없이 많은, 그렇지만 마음대로 이동하지 못하는 면, 차원들의 집합을 다중우주라고 불러요. 보통의 인간은 이 다중우주를 마음대로 넘나들지 못하지만, '우리'는 왔다 갔다 할 수 있었어요."

웬디는 데자가 과거형을 사용했다는 점을 놓치지 않았다.

"그럼 '우리'는 언제부터 차원을 이동하지 못했죠?"

"헤일로 사건. 들어보셨어요?"

데자가 핸드폰으로 뉴스 기사를 켜 보여주었다. 뉴스 플랫폼이 본격적으로 발달되지 않은 시대였기에, 종이로 인쇄된 신문 1면을 커다랗게 찍은 사진이었다.

"이 이후부터요."

웬디는 직접 의문을 표하는 대신 한쪽 눈썹을 치뜨자, 손바닥을 내보였다.

" '우리'도 '우리'를 어떻게 불러야 할지 몰라요, 웬디. 이 세계의 언어는 본래 우리가 쓰던 것과 달라서…. 여기선 소통을 하기 위해 언어를 만들었죠.

사물을 지칭하는 발화 및 표기 수단. 하지만 '우리'
에겐 이게 필요 없었어요. '우리'는 그냥…"

적절한 표현을 골라내기 어려운지 제자의 손이
허공에서 다섯 바퀴 정도 빙빙 돌았다.

"소통할 수 있었죠."

"텔레파시 말씀하시는 건가요?"

"비슷해요. 하지만 달라요. 우린 다 다른 개체였
지만, 동시에 같은 개체이기도 했거든요. 원자 단위
의. 이 세계에서는 보통 여러 원자가 합쳐져 생명 활
동을 해야 하나의 개체로 인정하죠. 하지만 저희는
여러 원자, 혹은 원자 뭉치가 따로 움직이며 다른 장
소에서 부유하는데, '같은 의식'을 가진 뭉치끼리 거
미줄 같은 미세한 연결고리로 연결돼있어요. 그 모
든 부위가 우리의 전체적인 의식을 담당하고, 다른
'우리'와 의식을 공유할 수도 있게 해주죠. 별자리를
적용해서 이해하면 편할 거예요. 행성에서 서서 밤
하늘을 보면, 별들이 보이는데 사람들이 임의대로
연결한 별들의 집합을 별자리라고 부르죠. 실제로
존재하지 않으면서 존재하지 않는 실 같은 신체 부
위인 셈인데, '우리'끼리도 엉키지 않고 부드럽게 서

로를 통과하죠. '우리'가 웬만한 모든 차원의 사물을 통과하듯."

"실제로 존재하지 않는 거미줄에 걸려 있는 이슬이 전체적인 패턴으로 보면 해파리 같은 특정 형태를 가지고, 그게 투명한 상태로 어디에도 부딪힐 염려 없이 떠다니며 생명 활동을 한다고 이해해도 되나요?"

"지금으로선 이게 최선의 설명이라서, 어쩔 수 없네요. 네."

"외계인이라는 말을 왜 이리 꼬아서 하시는 건지."

웬디가 식어 빠져 맛없는 커피를 한 모금 넘기며 중얼거렸다.

"인간이 아닌 지적 생명체는 다 그렇게 불리잖아요."

"그런데 우리는 인간들이 보통 서술하는 외계인이랑은 다르잖아요. '우리'는 다른 단어를 택했어요. 다중우주의 유령."

"아하?"

"시간여행자, 차원이동자, 다차원 동시 경험자. 많이 고안해봤지만 역시 유령이라는 단어가 가장 적합한 것 같더라고요."

유령. 웬디도 어쩐지 그 단어가 가장 마음에 들었다. 데자가 주제를 환기하려는지 손가락을 튕기더니 다시 노트를 펼치고 펜으로 무언가를 짧게 썼다. 그러더니 글씨가 쓰인 쪽을 데자 자신 쪽으로 돌려 뒷면이 웬디를 향하도록 바짝 세워 잡고는 핸드폰의 불빛을 켰다. 두께가 있는 종이인지 앞면의 글씨가 전혀 보이지 않았다.

"여기서는 제가 무어라 썼는지 보이지 않죠? 하지만⋯."

데자가 플래시를 종이 가까이 댔다. 그러자 빛이 통과하면서 글자도 같이 드러났다.

"이러면 뒷면에도 보이죠. 이게 바로⋯ 현재 '우리'가 이해하는 헤일로 사건이에요. 저 종이공 속의 한 면에서 번쩍인 빛이, 맞붙은 다른 면에서도 보이게 된 거죠."

"지구의 하늘에서 보였던 헤일로가, 사실은 다른 차원의 면이 투과된 것이라는 말인가요?"

"이해가 빠르군요."

"과학자들은 차원의 면이 몇천 광년 너머의 우주 끝에 있다고 하던데."

"'우리' 또한 영문도 모르고 여기로 쫓겨 온 이방인이지, 이 세계의 전문가가 아니에요, 웬디."

"뭐, 됐어요. 그럼 다른 차원의 빛에서 뿜어져 나온 빛이 차원을 이동하던 '우리'를⋯ '우리'가 아니게 만들었다는 건가요?"

"편의상 빛이라고 말했지만, 진짜 그 빛이 진짜 무엇인지, 우리한테 어떤 영향을 끼친 건지는 '우리'도 명확히 규정하지 못해요."

데자가 자신의 손을 천천히 쥐었다가 폈다. 컴퓨터 안에서만 존재하던 프로그램이 로봇의 몸체를 얻어, 새로운 육체의 원리를 분석하기 위해 관절의 동세 하나하나 뜯어보듯이.

"'우리'는 많은 것을 상실했어요. 가지고 있는 거라곤 '우리'가 원래의 상태였을 때의 불투명한 기억밖에 없죠⋯. 왜 '우리'가 인간의 육신과 결합한 건지, 그 빛은 대체 무엇이었는지, 우리가 언제 해방될 수 있는지, 정체를 자각한 '우리'는 지금 개별 연구를 진행 중이에요. 확실한 건 이거 하나뿐이죠. 이 세계에 길들여지는 순간, 우리는 죽음이라는 걸 맞이해요."

데자의 이야기를 반쯤 불신하며 듣던 웬디는 마

지막 말에 주목했다. 이 모든 말을 허언이라며 무시할 수도 있었지만, 그냥 넘기지 못했던 건 데자가 웬디 주변 사람의 죽음을 정확하게 집어냈기 때문이었다. '당신 주변에 보석으로 변해서 죽은 가족이 있죠?'

"길들여진다는 건…."

"이 세계에 익숙해진다는 것."

이리아는 엄마의 마지막 순간을 회상했다. 만약 자신이, 그리고 엄마가 다른 세계에서 온 존재라면 이것보다는 조금 더 특별한 삶을 살아야 하는 것 아닌가. 하지만 엄마는 다중우주의 유령이었던 화려한 과거를 가졌던 것치고는 초라한 삶을 살았고, 죽음은 구차했다. 그리고 자신을 힘들게 했던 아빠를 죽이고 나서야 엄마가 이 세계에 '익숙해졌다'는 게 어쩐지 와닿지가 않았다.

"잘 모르겠네요."

"뒤집어 생각하는 게 더 편할지도 몰라요. 우리가 죽는 순간은, 이 세계가 더는 우리를 '이방인'으로 인식하지 않게 되었을 때라고."

"도움을 청하는 게 더 빠르지 않나요? 정부에 우

리의 정체를 고백하고 보호를 받으면서 같이 연구를
한다든가."

"글쎄요."

데자가 쓸모가 없어진 종이 뭉치를 식탁 밑의 휴
지통에 던지며 중얼거렸다.

"그들이 우리를 아무런 조건 없이 환영해줄까요?"

18

유진

단도가 손에 꽂힌 채로, 꼭 쉿쉿거리며 야생동물을 달래듯 읊어진 웬디의 짧은 고백은 헤이즐과 유진에게 박수가 아닌 동정 어린 한숨을 유도하는 것 같았다. 하지만 웬디가 정말 바라는 건 그게 아닐 것이다. 사실 웬디의 의중을 헤아릴 수가 없었다. 나는 외계인이에요, 라고 대뜸 말했을 때, 유진은 때아닌 호기심이 들었다. '새로운 외계인이 납셨군!'이라고 말하는 식료품 주인 남자에게 '그래요, 나는 외계인이에요.'라고 답해본 적이 있는지 궁금했다. 문득 유진은 소리를 내어 자신이 어딘가에 속하지 않는다

고 인정하려 한 적이 없다는 걸 새삼스럽게 깨달았
다. 유진은 어디에든 속하고 싶었었다. 그 안에 누가
존재하든, 자신을 환대하든 아니든.

"외계인 혼종이라고."

한참 침묵을 유지하던 헤이즐이 경멸 어린 목소
리로 그렇게 말했다. 유진은 그 어조에 담긴 감정이
정말 '인간과 외계인의 혼종'에게 혐오감을 느껴서가
아니라, 웬디의 고백을 부정해야 한다는 고집에서
우러나온 것임을 눈치챘다. 세로로 뚫린 자기 손바
닥을 멀거니 보던 웬디가 바람 빠진 소리를 내더니,
곧 낄낄거렸다. 전혀 웬디답지 않은 웃음이었다. 유
진은 문득, 자신이 웬디답다, 라는 표현을 쓸 자격이
없다고 느꼈다. 이전의 웬디의 모습이 연기일 수도
있지 않은가. 당신이 '우리'에게 관심이 있었는지는,
당신이 나를 구해주고 나서야 알게 됐어요. 웬디가
입을 뗐다. 그 모습은 애처롭기도 하고, 위엄 있기도
했으며 가냘프기도 했다. 유진은 문득 3학년 때 가
입했던 동아리의 무대 연극을 떠올렸다. 유진은 단
한 번도 주인공 역을 얻을 수 없었고, 이렇게 늪거나
뒤에 서서 주연이 펼치는 열연만을 바라볼 수 있었

149

는데 왜인지 그때 생각이 났다. 웬디의 독백은 나긋하면서도 작아서 코앞에서 듣고 있는데도 말이 중간중간 부스러졌다. '우리'에게 지대한 애정을 퍼붓고 있다는 걸 알게 된 후에는, 궁금해졌는데. 섣불리. 데자의 경고는 일리가 있었으니까. 따르길 잘했다고. 그러다가 돌연 마이크를 댄 것처럼 발음이 명확해졌다.

"당신이 '우리'처럼 죽고 싶다니."

"너…."

"멕바인 씨를 어떻게 하려고 했던 건지도 조금 궁금하네요. 살아 있는 채로 심장을 뜯어먹으면 우리처럼 될 수 있을 거라고 믿었나요? 아니면 날짐승처럼 그냥 식인을 하려고 했나요? 아니면 당신이 준비해둔 그 주술 재료로 요상한 주문을 읊조리며 있지도 않은 기운이니 뭐니 하는 걸 흡수하려고 했어요? 그 정도는 재밌게 봐줄 수 있었을 것 같은데, 아무래도 정말 살인을 각오한 것 같아서…."

"거짓말."

헤이즐이 잔뜩 갈라진 목으로 겨우 반박했다.

"거짓말쟁이 같으니라고…."

"믿든 말든 자유지만, 당신은 우리처럼 죽을 수 없어."

"닥쳐."

"우리가 당신처럼 될 수도 있겠지만, 당신은 우리처럼 될 수 없다고요."

"닥치라고 했지!"

"왜 우리처럼 죽는 게 아름답다고 생각하는 건지."

웬디의 입이 벌어졌지만 거기서 다른 말이 새어 나오지는 않았다. 헤이즐은 굳은 입술 모양으로 웬디가 왜, 라고 발음하려고 했다는 사실을 눈치챘다. 문득 웬디 안에 고인 의문이 몇 개나 될까 궁금해졌다. 얼마나 많은 물음표가 갈고리가 되어 헤이즐을 할퀼지도. 그러나 웬디가 겨우 내뱉은 말은 이거였다.

"점, 점, 점…."

말풍선이 그대로 나타나는 카툰 안의 캐릭터도 아니고, 유진은 황당했지만 웬디의 그 말이 유진의 머릿속을 스멀스멀 장악했다. 말해져야만 했었던 침묵.

웬디가 상체가 한껏 굽은 헤이즐을 향해 두 손을 뻗었다. 그대로 목을 조르거나, 단검을 뺏어 찌르리라고 생각했는데 웬디는 헤이즐의 눈가를 누르듯 가리기만 했다. 왼손의 손등과 손바닥에서는 아직도 피가 멎지 않아 울컥울컥 흘러나왔고, 헤이즐의 볼을 타고 흘러내렸다. 마치 헤이즐이 피 섞인 눈물을 흘리기라도 하는 것처럼.

"아까 당신 입으로 직접 얘기했잖아요. 우리의 죽음은 빛이 없는 공간에서는 그냥 무기물 덩어리로 변하는 것에 불과한데도."

유진은 그 말이 헤이즐을 자극할까 봐 걱정했지만, 헤이즐은 한마디의 반박도 없이 그대로 무너졌다. 뼈대만 겨우 남은 젠가탑이 쓰러지듯이. 고압적인 턱을 가진 여자가 아이처럼 엉엉 울음을 터뜨렸다. 아주 오래전부터 알고 있었지만 누군가가 대신 그 말을 해주길 기다리기라도 한 것처럼. 아까까지만 해도 그렇게나 거대해 보였던 여자가 이제는 너무도 작게 움츠러들었다.

유진은 거부감을 느꼈다. 자신을 죽이려고 한 가해자가 갑자기 태세를 바꿔 연약하게 구는 걸 인정할 수 없었다. 지금 이 상황에서 울 거면 유진의 허락을 받고 울어야 하지 않나. 스톡홀름 증후군에 빠진 인질처럼 유진의 슬픔에 마냥 동화되고 싶지 않았다. 신경질적으로 손목을 움직여 쇠사슬을 절그럭거리자, 개미를 관찰하듯 유진을 멀뚱히 관망하던 웬디가 유진에게 다가왔다. 그리고 족쇄를 풀어주었다. 너무도 쉽게.

유진은 불신에 가득 차서는 섣불리 움직이지도 못했다. 하지만 웬디가 더 이상 해를 가할 낌새를 보이지 않자, 사라지기 직전의 용기와 의지를 끌어모아 제단에서 일어나서는, 있는 힘껏 웬디의 뺨을 쳤다. 웬디는 뭐가 우스운지 잇새로 바람 빠진 웃음을 흘렸다. 분풀이는 했지만, 유진은 이제 어떻게 해야 할지 감이 잡히지 않았다. 이대로 지하실 밖으로 나가도 되는 걸까. 정말로?

"여기 더 있으시려고요? 도망 안 가요?"

"함정일 줄 어떻게 알고요."

"뭐 하러 그런 걸 파요."

뭐 하러 눈사람을 부숴요, 라 답할 때와 같은 뉘앙스로 웬디가 말했다.

"내가 신고라도 하면요? 신고하면 언더우드 부인뿐만 아니라 당신도……."

"하세요."

웬디는 전혀 유감이 없어 보였다.

"나는 신고당해도 징역은 안 받을 테지만, 진짜 받아도 상관없어요. 감옥에 들어가게 되든 말든."

기선 제압 따위가 아니었다. 웬디는 정말로 자기 미래에 감옥살이가 추가되어도 신경 쓰지 않는다는 투였다. 유진은 기가 차면서도 선뜻 밖으로 나가지 못했다. 그사이 웬디는 조용히 헤이즐을 뒤에서 껴안았다. 껴안으면서 언제 준비한 건지 모를 하얀 천을 헤이즐의 코에 덮었다. 유진이 말릴 틈도 없었지만, 헤이즐도 별다른 저항을 하지 않았다. 헤이즐의 몸이 얼마 안 있어 축 늘어졌다. 클로로포름에 중독된 게 아니라, 울다가 지쳐 쓰러진 것처럼 보였다.

"주, 죽인……."

"치사량을 쓰진 않았어요."

웬디는 그 말과 함께 헤이즐의 목에 걸려 있던 목걸이를 풀었다. 은줄에 달린, 정제되지 않은 보석들이 대롱거렸다. 웬디는 그대로 유진을 두고 먼저 나갔다. 이제 정말 유진이 뭘 하든 관심이 없는 모양이었다. 헤이즐의 등은 웬디의 말을 증명하듯 약하게 오르내리고 있었다. 문득 허무하다는 기분이 사치처

럼 느껴졌다. 이런 해피엔딩을 맞이하는 공포 시리
즈 희생자가 얼마나 된다고 배부른 생각을 하고 있
나. 이제 이대로 계단을 올라가, 짐을 챙기고 역으로
가 열차를 예매하면 될 것이다. 그대로 뉴욕에 가서
사랑하는 이들의 품에 안기고 오늘 일을 교훈 삼아
살아가게 되겠지. 다시는 익명의 누군가가 보낸 초대
를 함부로 받아들이지 말자, 라는 교훈을 얻었다며
두고두고 안줏거리 삼을 수도 있을 것이다. 그렇다면
'유령'은? 내가 그들의 정체를 까발려도 괜찮다는 건
가? 유진은 우두커니 서 있었다. 활기가 넘치나 규
격화된 도시 인간인 유진은 정형화되지 않는 상황
에 대처하는 법을 배운 적이 없었다. 헤이즐과 웬디
의 무대는 막을 내렸고, 세트장엔 유진 혼자 남았
다. 웬디는 대체 가능한 단역이 필요했기에 유진을
꼬드긴 것뿐이었다. 그럴 텐데. 힘없이 출구를 향해
걷는 유진의 발에 무언가가 차였다. 웬디가 들고 있
던 검은 노트였다.

19

웬디

    잘그락거리며 목걸이의 보석들이 흔들렸다. 호수의 노래에 리듬을 맞추기라도 하는 것처럼, 무언가를 쏘듯 픽픽거리는, 변덕스럽게 일정치 않은 박자에 질서를 부여하기라도 하듯이. 웬디는 세간의 정의에 의하면 이성적이다. 오래도록 그래왔다. 특정 현상을 분석하지 않고 수많은 스냅 뒤로 흐르는 대로 흘려보낸다. 그러니 이 보석들에 성대가 잔존해 웬디를 이끌어줄 것 같다는 느낌은 거짓이다. 웬디는 일부러 시야의 초점을 흐렸다. 피를 흘려서인지 현기증이 약하게 일었지만, 일을 마무리하지 못할 정도로 어지럽진 않았다. 웬디는 뒤이어 겹치는 발소리를 못 들은 척했다. 그러나 잰걸음은 웬디의 뒤에 바짝 붙어 떨어지지 않았다.

"그렇게 가버리면….''

유진이 가쁜 숨을 헐떡이며 웬디의 후드를 붙잡았다. 웬디는 잡히는 대로 멈춰 섰다. 당겨지는 느낌이 싫었다.

"나더러 어쩌라는 거예요.''

"그걸 자기 목숨을 가지고 논 상대에게 묻나요?''

"하! 자기가 뭔 짓을 했는지 모르진 않나 보네요.''

"말했잖아요, 내키는 대로 판단하라고. 당신이 당신 경험이라며 구구절절 밝힌다고 해도, 어차피 아무도 안 믿어줄 테니까. 미스터리 팟캐스터 말을 누가 진지하게 들어줄까요.''

"아, 그래서 나한테 메일을 보낸 거였어요?'

"뭐 대단한 이유라도 기대했어요?''

유진이 시근거렸지만 거기에 대해 더 사족을 붙이진 않았다.

"데자의 노트, 거기엔 아무것도 쓰여 있지 않았어요. 첫 페이지에 풍경화 낙서가 몇 점 있긴 했지만,

당신이 해준 이야기는 단 한 줄도 없었다고요."

"그래서요?"

"당신, 당신네들 얘기잖아요. 내 의견을 듣고 싶었던 거 맞잖아요. 안 그래요?"

웬디는 부정하지 않았지만, 그렇다고 긍정하지도 않았다. 웬디가 많고 많은 인간 중 유진 멕바인을 부른 건, 기대가 있었기 때문이었다. 유령과 괴물의 이야기를 조사하고 공개적으로 공유하는 이라면, '우리'도 모르는 '우리'의 어떤 면모를 발견해줄 수 있으리란 얄팍한 희망을 걸어볼 만했다. 하지만 헤이즐의 보잘것없는 이유를 듣고 나선 돌연 전부 지긋지긋해졌다. 30년 전부터 이 세계에 갇혀 어중간하게 머물러 있는 유령들이 우습고 초라하게 느껴졌다. 심지어 웬디는 진짜 유령도 아니었다. 인간 몸을 강탈한 외계생물과 인간의 유전자, 원자가 뒤섞인 무언가. 하지만 데자가 웬디를 '우리'의 범주에 넣어주었던 게 뭐라고. 뭐가 그리 반가웠던 건지. 둘 다 똑같이 이방인 신세인데 변두리 무리에 끼워주는 게 뭐가 그리 달가운 일이라고.

"설령 멕바인 씨 당신이 내가 원하는 답을 한다고

해도, 달라지는 건 없어요. 언더우드 부인을 봤잖아요."

"나는 남쪽 사람일 수도 있죠."

"당신 혼자만 남쪽 사람이면요? 당신이 다른 인간들을 다 대변할 수 있다고 자만하지 말아요."

"하지만 한 명이라도 있다는 게 의미가 있잖아요."

"의미라면 이제 진저리가 나요."

웬디가 처음으로 언성을 높였다.

"실질적인 의미도 없는 지나가는 현상들에 생을 허비하고 싶지 않아요, 언더우드 부인처럼."

"세상 만물에 의미를 부여하고 거기에만 매달리는 건… 과하다는 데에 동의해요. 하지만 한두 개쯤은 괜찮잖아요. 세상 모든 게 1 아니면 10인 건 아니거든요. 2나 5, 6 그리고 소수점이 붙은 숫자도 그 안에 수없이 존재할 수 있는 건데. 의미에 실질적인 가치는 없지만 살아가는 동력이 되어주기도 하고."

"나는 죽으려고 헤일로 마을에 왔었어요."

"이렇게 되기 전에 죽으려고요?"

유진이 목걸이를 가리켰다.

"당신도 언젠가는 이렇게 될까 봐 두려운 거죠?"

웬디는 더는 입을 열지 못했다. 유진과의 눈싸움

이 이어지는 듯했지만 웬디가 먼저 고개를 돌렸다. 보석은 희뿌연 눈공기 속에서도 시시각각 찬란하게 색이 변했다. 작은 발광체가 투명한 돌에 갇혀 있는 것 같았다. 유진도 그 이상 캐묻지 않았지만, 그렇다고 웬디를 혼자 내버려두지도 않았다. 웬디는 외계인의 심장이었던 것 중 하나를 손에서 굴리다가, 말없이 호수 위의 얼음을 밟았다. 발이 움직이자 사그락거리며 잔얼음이 밟혔다. 웬디는 그대로 앞으로 나아갔다. 힘을 얼마 주지도 않았는데 몸이 자연스럽게 앞으로 나아갔다. 간밤에 눈이 쌓였지만 잘 포장된 도로처럼 닦인 길이 있었다. 웬디가 만든 것이었다. 유진은 기어이 빙판 위까지 따라붙었다. 깨질까 봐 망설이기엔 하얀 맥이 보일 정도로 두텁게 얼어 있긴 했다.

저러려고 가지고 있던 거였구나, 호수의 한가운데에 꽂혀 있는 말뚝을 보고 유진이 작게 중얼거렸다. 웬디는 자기가 세워놓은 표식 앞에 조심스럽게 멈춰 섰다. 앞에는 온종일 뚫느라 고군분투했던 자그마한 틈새가 있었다. 말뚝과 망치로 고군분투하다가 얻은 결과였다. 뭍과 가까운 가장자리를 깰 수도 있었겠지만, 실수라도 이 목걸이가 다시 저 땅으로 쓸려 올라오게 하지 않으려면 깊은 곳에 잠기도록 도와주어야 했다. 호수의 밑바닥으로. 헤일로 직시했을 호수의 맞은편으로. 차원의 문에 열릴 것이라는 기대를 영영 믿음으로만 품을 수 있게 해줄 비밀스럽고 은밀한 장소. 웬디는 한쪽 무릎을 꿇고 앉아, 목걸이 달린 보석을 한 알 한 알 떼어 빙판의 틈 속으로 떨어뜨렸다. 퐁퐁거리며 빠지는 소리는 들리지 않았다. 그렇게 데자의 심장을 마지막으로 빠뜨리는 순간이었다.

호수가 침묵했다.

헤일로처럼 화려한 기적은 없었다. 하지만 바람을 빙판 사이로 미끄러뜨리며 오묘한 음을 내던 호수와 숲이 일순 잠잠해졌다. 기막힌 우연일 수도 있었다. 몸이 성치 않은 웬디의 귀가 제 기능을 하지 못하는 것뿐일 수도 있었다. 하지만 헉, 소리를 삼키며 주위를 둘러보는 유진을 보니, 웬디의 착각만은 아닌 모양이었다. 웬디는 문득 이 세계에 사는 인간들이 자연에 고개를 숙이고 신성시하며 받든 이유를 어렴풋하게 알 것도 같았다. 그들은 유령이 아니기에 소멸될 현상일 뿐인 과거에 의미를 붙여 미래에 공유한다. 차원에 갇혀 있기에 그들은 인간이다.

"당신이 보기엔 방금 내가 한 그 행동에 의미가 있다고 생각하나요?"

"제가 판단할 일이 아니죠."

웬디가 묻자, 유진이 퉁명스럽게 내뱉었다.

"그리고 지금은 그럴 말할 타이밍이 아닌 것 같은데. 추모사 읊을 줄 몰라요?"

20

유진

공중파 프로그램에서 공개 인터뷰를 했다.

외계인에 관한 것은 아니었고, 헤일로 마을과 그 근방의 숲을 유령마을로 개발하는 것에 대한 찬반 토론이었다. 유진이 미리 건네받은 대본에는 관련된 질문이 없었고, 따라서 방송 관계자들은 유진이 기습적인 물음에 그들이 미리 예상했던 대답, 그러니까 유령 관광 사업에 찬성하는 쪽으로 발언할 것이라 생각했던 모양이었다. 하지만 유진이 배경지식을 들어 꼬박꼬박 반대하는 입장을 표하자, 방송 작가의 얼굴이 갈수록 구겨졌다. 작가는 결국 컷을 외치고는 유진에게 따졌다. 나는 당신이 다른 이야기를 해줄 것이라 기대했어요. 제가 당신과 같이 섭외한 저 사람들 보여요? 작가는 뒤에서 물을 마시며 왼쪽에서 각자의 핸드폰을 내려다보고 있는 히스패닉 여자와 흑인 남성을 엄지로 가리키며 투덜거렸다. 한쪽은 알음알음 들어봤던 환경운동가였고, 다른 쪽은 마사 누스바움의 가치관을 계승한 코스모폴리탄 철학 대중 저서로 이름을 한창 날리는 중인 학자 겸 인권운동가였다. 대충 작가가 어떤 그림을 그리고 있었는지 어렵지 않게 구상할 수 있었다. 한때 정치계에서 활동했고, 이제는 무슨 일인지 미신의 신봉자로 전락해서 괴담 팟캐스트를 운영하고 있는 한물간 기자. 더군다나 강신술의 중심지라고 할 수 있는 릴리데일 근처에서 살고 있으니,

유진이 자기 의견을 철회할 기색을 보이지 않자, 방송 작가는 대놓고 한숨을 내쉬었다. '이렇게 사람을 실망시킬 수가 있나.'라고 말하는 듯했다. 예전의 유진이라면 그런 비언어적인 수신호에 움츠러들어 바로 상대가 원하는 대로 해주었을 터였다. 하지만 이젠 딱히 신경 쓰이지가 않았다. 오히려 할 말이 있

으면 그렇게 수동적으로 요구하지 말고 직설적으로 얘기하라고 따지고 싶었다. 유진은 작가에게 맞서 팔짱을 끼고 미간을 좁혔다.

"아니면 제 동료 한 명을 지금 불러올까요? 유명세가 고픈 친구로 지금 연락하면 바로 뛰쳐올 텐데."

결국 유진이 이겼다. 다음 날 뉴스 헤드라인까지는 아니어도, 유진이 했던 말들이 지면 한구석에 적지 않은 부피를 차지했다. 유진은 자길 공격하기도 하고, 옹호하기도 하는 그 문장들을 피하지 않고 모조리 읽었다. 유진은 소신이 없고, 공인이면서 지나치게 변덕스러웠으며, 쌓아온 지식에 비해 사고방식은 미성숙한 엘리트의 표본이었다. 현실에서 비현실로 빠져든 저널리스트의 갑작스러운 윤리 선언, 이라고 뽑힌 기사에는 희미한 악의마저 깃들어있었다. 공인은 성숙의 혼돈기마저 박제가 된다. 유진은 수치스러웠지만 다시 가출을 결심할 정도로 크게 절망하지는 않았다. 이걸로 서른 살의 오춘기가 넘길 수만 있다면 차라리 다행이리라.

"몇 번이나 실종 신고를 넣으려고 했는데 경찰이

거절했어. 네가 공인이고, 성인이고, 어디로 갔는지 설명도 할 수 있었으니까. 하지만 일주일 동안 연락이 안 됐어. 자그마치 일주일이나!"

"경찰 말대로 성인이니 일주일 넘게 연락이 끊길 수도 있는 건데 호들갑은."

"그렇지만 넌 가족 행사에 빠지는 애가 아니잖아."

찰리가 화를 내는 걸 멈추고 울먹였다.

"걱정돼서 미치는 줄 알았다고."

소중한 건 한번 잃고 나서야 그 가치를 절실히 깨닫게 된다는 문장은 진부하지만, 정말 경험 없이는 통감할 수 없는 진리였다. 유진은 핸드폰을 새로 바꾸자마자 밀려오는 SNS 메시지에 새삼 놀랐다. 일부는 업무 관련된 연락도 있었지만, 7할은 가족과 친구들의 연락이었다. 일일이 답장을 하는 일이 약간 성가셨지만, 배부른 투정이라는 걸 이젠 알았다. 무슨 일이 있었어? 아무렇게나 둘러댈 수도 있었겠지만, 선뜻 별일 없었다고 하기도, 죽을 뻔한 사연을 구체적으로 나열하기도 망설여졌다. 그냥 일탈이 고파서 가출했다가 생고생하고 왔어. 유진은 결국 얼버무렸다. 철든 맥바인을 환영해줘.

유진이 그 산장을 떠나던 날, 웬디는 문가에 서서
유진을 멀뚱히 바라보기만 했다. 잘 가요, 라는 안부
인사도 없었고, 배웅해주겠다는 제안도 없었다. 그
저 응급처치를 해 붕대를 감은 손을 늘어뜨리며 유
진의 마지막 모습만 눈에 담을 뿐이었다. 헤이즐은
그 하룻밤 사이에 기력이 쇠했는지에 누워서 꼼짝
을 못 하고 있다고 했다. 가여우면서도 보기 거북한
그 여자의 얼굴을 다시 마주하고 싶지 않았기에 유
진으로서는 잘된 일이었다. 하지만 비슷한 일이 다
시 일어나지 않기를 바랐기에, 웬디에게 갤러리의
사진 한 장을 제외하고 데이터를 싹 정리한 자기 핸
드폰을 내밀었다. 나중에 이걸 언더우드 부인에게
보여주세요, 하면서. 웬디는 핸드폰을 받아 들었다.
그리고 머뭇거리다가 한마디 내뱉었다.

"고생했네요."

유진은 헛웃음을 참지 못했다. 뭐야, 꼭 자기가

돈을 주고 나를 고용한 것처럼 말하는군. 하지만 웬디는 웬디대로 그게 최선의 사과일 수도 있었다. 유진은 그대로 몸을 돌려 떠나려다가, 오지랖의 충동에 굴복했다.

"데자는 찾고 싶은 게 있다고 했었어요. 당신이랑 데자. 두 사람 다 같은 걸 찾고 있었던 거죠?"

"데자가 당신한테 그런 말까지 했나요?"

"뭐… 외로우면 아무에게나 뭐든지 털어놓고 싶어지잖아요."

씁쓸한 경험이 공감의 범위를 넓힌다는 건 마냥 좋지만도, 나쁘지만도 않은 일이다.

"당신들 존재 방식을 완전히 이해한 건 아니지만… 죽어서 제대로 묻힐 곳이 필요했던 거잖아요, 당신들한테."

웬디는, 그들은 죽은 후에 어떻게 될까. 결합한 육체와 함께 스러져 지구의 거름이 될까, 아니면 어느 미신의 초월적인 존재들이 그러하듯 육신에서 탈출해 다시 차원이동자로 돌아갈 수 있게 될까. 숨이 멎은 이후의 세계가 불확실하다는 점에서 이 외계인들과 유진은 다를 바가 없었다. 유진이 만난 외계인들은 영화나 소설에서 본 것과 달랐다. 그들은 고차원적인 과학 기술과 문명을 가지고 행성을 침략하거나 은밀히 숨어들어 조직적으로 움직이고 있지 않았다. 그저 인간과 다를 것 없는 삶을 똑같이 연명하며 똑같이 운에 생명을 맡기며 조용히 인간의 거주지 안에 스며들어 있었다. 유일한 차이점은 인간과 다르게 그들은 빈손이라는 것이다. 기댈 수 있는 오래된 역사의 기록도, 한 곳에 모여들어 유대감을 공유할 수 있는 문명의 발상지도 없었다. 어느 날 갑자기 그들을 교란시킨 빛으로 인해 이 차원에 뚝, 떨어져서는 영문도 모른 채 헤매는 자들. 그게 이 행성이 품고 있는 외계인이었다. 쉴 곳을 정할 수가 없어 계속해서 방랑해야 하는 유령들.

"…인간은 보통 어디에 묻히고 싶다면 유언을 남기거든요. 자기가 애착을 가졌던 사람의 옆이나, 고향 같은 장소에 시신을 뉘이고 싶다고. 그쪽은 여기에 고향은 없지만…. 애정을 남길 수는 있지 않을까요."
웬디의 표정에는 변화가 없었다.

"보통 쉴 수 있는 곳은 선천적으로 결정되기보다는 기억으로 건축되거든요."

뉴욕으로 돌아오자마자 팟캐스트는 그만두었다. 기껏 모은 구독자를 없는 취급하려니 아깝기는 했지만, 중요하지 않은 것을 포기할 줄 알아야 다음이 생기는 법이다. 무엇보다 자신의 방송이 의도치 않게 웬디와 같은 존재들을 기만할 수도 있으리라 생각하니 대본을 쓸 마음이 들지 않았다. 무엇으로 불리든, 이 세계에는 인간이 아닌 지성체들이 존재하지만 모종의 사유로 정체를 드러내지 못하는, 않는 경우가 많을 것이다. 유진은 자신들을 유령이라고 칭하는 외계인을 상기했다. 노파심에 구글 엔진창에 '헤일로'와 '보석'을 검색했지만 관련한 최근 자 뉴스는 없었다. 관광 사업이나 유가족 애도 기간에 관한 기사만 두 개 정도 찾을 수 있었다.

데자가 주었던 필름은 인화가 되었다. 무엇이 찍혀 있을지 몰라 사진관에 맡기는 대신 필름 스캐너를 하나 구비하는 과소비까지 벌였지만, 데자가 찍은 사진은 평범했다. 데자의 시선이 한 꺼풀 씌워져 있다는 점에서 필름 속의 숲은 조금 더 웅장한 느낌을 띄웠지만, 찰리는 '못 찍지 않았네' 정도로만 평했다. 마지막 사진을 제외하고는 전부 유진이 찍은 줄 알았기에 나름 후하게 준다는 게 그 정도였다. 필름 안의 유진은 얼떨떨한 표정을 짓고 있었다. 유진의 핸드폰 안에 있던 데자와 달리, 뚜렷한 이목구비가 조금 진해진 명암 안에 고스란히 담겨 있었다. 유진이 이때 무슨 생각을 했는지 벌써부터 희미해져서 확실치 않았다. 유진은 사진을 수첩에 클립으로 고정하고는 메일함에 있던 웬디의 메일을 삭제하려다가 보관함에 집어넣었다.

유진은 돌아올 수 있는 곳에 대해 생각했다. 모든 것은 변하고, 부식하고, 노화하고, 부패하고, 곱아들고, 해체되고, 박살나지만 그럼에도 곁을 지켜주는 것들이 있다. 자신과 같은 테두리로 맞춰지면서 같은 모양으로 맞아들어가는 장소와 사람들이 있다. 유진이 아무리 사회에서 이리 치이고 저리 치여도 돌아와서 푸념을 늘어놓을 수 있는 곳이 있었다. 유진은 이 사실을 더는 경시하지 않기로 했다.

"찰리. 집채만 한 다이아몬드랑, 아니지, 주먹만 한 다이아몬드랑 나 가운데서 하나를 고르라고 한다면, 뭐 고를 거야?"

유진이 커피를 타서 테이블에 잔을 슬쩍 올려두는 찰리의 손목을 붙잡고 물었다.

"갑자기? 이거 틱톡 챌린지 아니지? 너 핸드폰 어딨어? 어디에 설치해뒀어?"

"됐다, 됐어. 말을 말자."

"농담이야. 네가 질문 같지도 않은 질문을 하니까 그렇지. 유진, 너만큼 반짝이고 고풍스럽고…."

"너무 오버하지는 말고."

"아름답고 우아하고 탐스러운 보석은 없어."

"어우."

평소 같았으면 어디서 이런 닭살 돋는 멘트를 배워왔냐며 너스레를 떨며 은근슬쩍 넘겼을 텐데, 지금은 그러고 싶지 않았다. 오히려 이런 말을 해주는 찰리가 자신의 곁에 있다는 것이 새삼스럽게 천운이라고 실감할 수 있다는 현실이 벅찼다. 유진은 잔웃음을 흘리며 고개를 설레설레 젓다가, 팔을 들어 찰리를 끌어안았다. 찰리도 힘껏 마주 안아주었다.

"유진 멕바인, 나한텐 네가 최고의 보석이라고."

"응."

유진은 귓전에 쿵쿵거리며 울리는 심장 고동을
만끽했다.

"고마워."

21

헤이즐

"멕바인 씨가 핸드폰을 두고 갔어요. 당신이 꼭
봤으면 하는 게 있대요."

유진의 하얀색 스마트폰 속 갤러리에는 세 장의
사진이 남아 있었다.

"데자의 시신을 찍은 거라고 하더라고요."

그러나 디지털 사진은 가운데가 불탄 종이처럼
까맣게 번져 있었다. 유진이 헤이즐을 골리기 위해
이미지를 합성하거나 편집했다고 생각해버릴 수도
있었겠지만, 헤이즐은 사실 그대로를 받아들였다.
대충 그가 무슨 말을 전하고 싶었던 건지 추측할 수

있었다. 당신이 그토록 갈망하던 최후는 사진으로 찍히지 않으니 허튼 생각은 이제 그만두어라. 헤이즐은 화가 나지 않았다. 울분이 터지지도 않았고, 서럽지도 않았다. 정신은 멀쩡한데 몸에 힘이 하나도 없었다. 침대에 축 처져서는 손가락 하나 까딱할 기운이 없었다. 한바탕 소동, 그것도 자신이 원인인 소동이 벌어진 후의 늦겨울은 조용했다. 아무 일도 벌어지지 않은 것처럼. 무엇에든 의욕이 붙지 않았다. 이게 바로 죽기 직전의 감각이구나, 헤이즐은 실감했다. 새삼 웬디를 호수에서 구해준 날이 떠올랐고, 웬디가 호수에 잠겨들려고 했을 때 이런 기분을 느꼈을지도 궁금했다. 하지만 묻지 않았다. 말실수 한 번에 웬디가 바로 떠나버릴 수도 있었다.

웬디는 그런 일이 있은 후에도 산장에 머물렀다. 웬디가 없었다면 헤이즐은 그대로 아사했을 것이다. 언제나처럼 산장을 청소하고, 요리를 하고, 설비를 관리하며 헤이즐을 돌봐주었다. 이러다가 어느 날, 웬디가 건넨 독이 든 수프에 나는 피를 토하며 죽겠지. 헤이즐은 각오했다. 이 외딴 산장에서 단말마 한 번 내지르지 못하고 죽게 될 거야. 하지만 헤이즐은 봄이 슬금슬금 다가와 호수의 얼음 가장자리를 녹일 때까지 살아 있었다.

"왜 여기에 계속 있니."

결국 헤이즐은 아슬아슬한 암살의 순간을 기다리지 못하고 먼저 물었다. 웬디는 언제나처럼 접시를 옆에 두고 가다 말고 헤이즐을 멀뚱히 보았다. 이미 답을 알고 있지 않냐고 되묻듯이.

"갈 곳이 없어서요."

웬디의 답은 간결했다.

"당신이 저를 고용했잖아요. 급여도 다 정산 못 받았어요."

"나는 너한테 심한 말을 했었어."

"무슨 말이요?"

"외계인 혼종이라고."

"아. 사실이잖아요."

비꼬는 기색은 없었다. 헤이즐은 이 타이밍에 자신이 무슨 말을 해야 할지 알고 있었다. 하지만 미안하다는 사과가 혀에 걸려 입술에 뭉쳐 얼버무려지더니 결국 사라져버렸다. 얼마 뒤에 웬디가 고백할 것이 있다고, 내가 당신 작품을 그간 망치고 있었다며 잊고 있던 종이 뭉치를 들고 왔을 땐 조금 화가 났지만, 이걸로 서로 죄책감을 퉁 치자는 웬디의 의도를 읽을 수 있었다. 헤이즐은 웬디가 쓴 단어의 나열을 읽고 또 읽어보았다. 운율을 맞추기 위해 인위적으로 파열되고 망가진 단어도 발견했다. 어디서 이런 걸 배웠냐고 묻자 웬디는 당신에게서요, 라고 답했다. 그리도 둘은 한동안 말이 없었다.

헤이즐은 실로 간만에 상체를 일으켜 등에 베개를 받치고 창가 너머를 바라보았다. 아직 땅은 척박해 보였지만, 여기에 오래도록 머물렀던 사람으로서 헤이즐은 숲이 슬슬 색을 바꾸려고 대기하고 있다는 징조를 포착할 수 있었다. 이제 여기엔 딱새와 딱따구리뿐만 아니라 철새들도 다시 둥지를 틀겠지. 숲은 밤에도 시끄러워질 테다. 그제야 헤이즐은 자신이 이곳에 더 머물 필요가 없어졌다는 사실을 받아들일 수 있었다. 헤이즐이 자는 줄 알고 웬디가 옆에서 중얼거리던 말까지도. 우리는 죽어서야 잠깐 아름다울 수 있지만 당신은 당신들이 태어난 세계 안에서, 살아 있는 내내 아름다워질 기회가 있잖아.

변화는 오랜 시간동안 다진 각오와 준비를 통해

서만 이뤄질 수 있을 것만 같았다. 하지만 헤이즐은 해빙기를 맞이하고 있는 숲처럼, 어떤 변화는 의도치 않게 밀려온다는 사실을 느끼게 되었다. 헤이즐이 그토록 바라던 것들, 미신 속에 깃들어 초월적인 존재가 되고 싶다는 갈망이 현실과 충돌하며 파편으로 으스러졌지만, 그 파편은 뾰족한 모서리를 가진 흉기로 남는 대신 둔탁한 귀퉁이로 이루어진 휴식의 받침대가 되어주었다. 헤이즐은 환상이 날카롭게 쪼개지기 전 미리 절취선을 다듬어준 것이 웬디라는 사실을 이제 알았다.

"산장을 정리해야겠어. 일단 지하실에 있는 물건들부터 하나하나 정리해야겠지."

옆에서 마른 빵을 씹던 웬디의 턱 근육이 잠깐 멈췄다. 그러나 반응은 제법 싱거웠다.

"그래요."

"아들에게 연락을 할 거야. 그리고 이전에 근무했던 대학에도 메일을 넣어봐야겠어."

"네."

"너도 나랑 같이 가야 해."

헤이즐은 재빨리 덧붙였다.

"너만큼 내 마음에 들게 일 처리를 하는 사람도 없으니까. 이사하면서 가사도 좀 도와줘야겠어. 어차피 혼자인 사람들끼리 서로 돕고 살면 좋잖니. 주변엔 네가 내 조카라고 소개하면 되겠지."

말을 할수록 그간 미뤄두었던 일들을 대면하는 게 더는 두렵지 않아졌다. 존이 자신을 사랑하지 않는다는 사실도, 자신은 선천적인 미인이 아니라는 사실도, 창작의 원천이 되는 영감의 샘이 이제 말라붙어버렸다는 사실도, 모두에게 선망받고 싶다는 갈망이 이뤄지기 어렵다는 현실도, 아직은 아프지만 이제는 인정할 수 있을 것 같았다. 너무 오래 미신의 문법으로 자신을 추어올리고 있었다. 헤이즐은 자신의 자존심을 한 단씩 내려놓을 연습을 할 자신이 생겼다. 헤이즐의 계획을 잠자코 듣고 있던 웬디가 잠깐 창 너머로 고개를 돌렸다. 헤이즐은 웬디가 호수가 보고 있음을 알아차렸다. 드물게 웬디의 눈동자에 어떤 감정의 무늬가 비춰졌다. 그러나 웬디의 시선이 움직인 방향과 다르게, 뜻밖에도 웬디는 수긍했다.

"그러시든가요."

"원한다면 대학에 갈 수 있도록 도와주마. 내가 보기에 넌 문학에 소질이 있어."

"그건 잘 모르겠네요."

"길고 짧은 건 대봐야 아는 법이다."

"어련하시겠어요."

"그래도 5월까지는 여기에 있자꾸나. 여태껏 여기가 봄에 어떤지, 무슨 꽃이 피는지 감상해볼 여력이 없었어."

"뜻대로 하세요."

〈끝〉

작가의 말

　과학은 아름다우면서 아름답지 않다. '발견'으로
서의 과학은 경이롭지만, 수단으로 정량화된 과학은
기계적일뿐더러 위협적일 수 있다. 리베카 솔닛의 에
세이를 인용하자면, 현 사회는 이 과학을 산업과 전
쟁, 정치와 접합해 자신들에게 유리한 무기나 수단
으로 '발명'하는 것을 당연시하게 되었다. 인류는 몇
천 년 전부터 우주를 구성하는 것이 무엇일지에 대
해 깊이 있게 고찰해왔다. 수많은 이론이 출현하며
문명의 기반이 되었지만, 과학 기술이 매분 매초 즉
각적으로 우리의 오감을 지배하는 일상은 백 년이

채 되지도 않았다. 무수한 가능성이 인류의 눈앞에 있는 것처럼 보인다. 우주로의 진출도, 사람 같은 안드로이드의 탄생도, 연장된 수명도, 빠른 시일 내에 실현되리란 기대가 만연하다.

그러나 우리는 우리가 누리고 있는 과학의 발명품들이 가져온 부작용은 똑바로 직시하지 못하고 있다. 가장 큰 문제 중 첫째로는 과학의 발전을 뒷받침하고 있는 자원의 오염과 고갈을 사람들이 외면하고 있다는 사실이고, 둘째는 윤리적 이정표의 상실이다.

과학은 낭만적이지만 과학을 응용하는 우리는 점차 메말라가고 있다. 흔히 말하듯 기술이 발달하는 속도를 인간의 윤리와 법이 뒤따라가지 못하고 있는 탓이다. 자본과 결합한 기술주의는 만물을 사용하는 자와 사용당하는 자로 이분화하고 있다. 우리는 종종 우리의 삶을 진정으로 뒷받침하는 것이 무엇인지 망각한 채 찬란하게 반짝이는 기술의 미래만 응시하고 있다. 인간은 지배하는 것이 익숙해졌고, 그래서 우주를 정복해야 할 대상으로 보는 시선이 많아진 것 같다. 이를 위해 우리를 둘러싼 대부분의 것들이 수단화되고, 같은 인간마저 '완벽한 타자화'되고 있다. 그래서 생각하게 된다. 지금 이 상태로의 인류는 우주의 비밀을 파헤칠 자격이 있는가, 하고. 인간은 스스로를 개척자라고 여기지만, 실상은 반대일 수도 있다. 우주가 길을 열어주는 대로 우리는 흔적만을 뒤쫓을 뿐이며, 인류가 탐사자로서의 자격을 상실해 안내가 끊기는 순간 발명과 발전의 맥은 끊기고 인류는 길을 잃을 수도 있다는 상상을 자주 한다.

물론 소설이 아닌 현실에서 우주를 의인화하는 건 바람직하지 않다. 하지만 나는 글을 쓰는 사람이다. 그렇기에 우리가 미지의 영역이라고 여겼던 것 중 하나가 사실은 바로 우리 옆에 있으나, 우리에게 그들을 마주할 자격이 없기에, 자신들을 '발견'하는 것을 허하지 않는 것뿐이라는 이야기를 쓰고 싶었다. 우리는 선형적인 진보가 우리를 더 나은 미래로 이끌 것이라 굳게 믿고 있지만, 우리는 잠시 멈춰 설 필요가 있다. 그리고 우리가 앞으로 발견하게 될 수

많은 비밀 중, 어떤 것들을 길들이고 어떤 것들을 있는 그대로 남겨두어야 할지에 관한 진지한 이야기를 나눠야만 한다. 언젠가의 우리가 전진할 수도, 물러설 수도 없게 되어버리기 전에.

백사혜

dot.8
이방인의 심장이
묻힐 곳은

초판 1쇄 발행 2024년 3월 24일

지은이   백사혜
펴낸이   박은주
디자인   김선예, 이수정
마케팅   박동준

발행처   (주)아작
등록   2015년 9월 9일 (제2023-000057호)
주소   07236 서울특별시 영등포구 의사당대로 38 102동 1309호
전화   02.324.3945-6   **팩스** 02.324.3947
이메일   arzaklivres@gmail.com
홈페이지   www.arzak.co.kr

ISBN   979-11-6668-808-9 04810
            979-11-6668-800-3 04810 (세트)